天国までの百マイル

新装版

浅田次郎

朝日文庫

本書は二〇〇〇年十一月、小社より刊行された文庫の新装版です。

目次

天国までの百マイル　新装版

1

公園のベンチでぼんやりと時を過ごすことが多くなった。

水飲場で顔を洗い、トイレに行き、木蔭のベンチで汗を乾かしながら煙草を喫う。屑籠からスポーツ新聞を拾ってきて、求人広告と野球の結果と、色物の記事を読む。いっとき入れあげた競馬は、馬券を買う余裕がなくなってからまったく興味がなくなった。

いかに退屈な営業回りとはいえ、もう少し有意義な時間の過ごし方はないものかと、城所安男《きどころやすお》は午後の日ざしが眩《まばゆ》いマロニエの木叢《こむら》を見上げた。

去年の夏は、冷房の効いた映画館で昼寝をしたり、サウナ風呂で時間を潰すだけのゆとりがあった。財政が急激に逼迫《ひっぱく》したのはこの春からで、煙草銭にもコーヒー代にも事欠く有様になった。

別れた家族への仕送りが一挙に増額されたせいである。法律事務所を通じて送られてきた倍増の理由は肯《うなず》ける。かつての女房の許にいる双子の倅《せがれ》と娘が、揃って私立の名門小学校に入学したからだった。選良としての人生の端緒についた子供らに、まさか金がないからやめろとは言えない。

莫大な入学金と諸費用は、女房の名義で銀行から借りた。いわゆる進学ローンというやつだ。塾の月謝に娘の稽古事、女房のアパートも手狭になったので三DKのマンションに引越す、というわけで、それまでの月々十五万円の仕送りが三十万になった。

つまり、給料はそっくり右から左に消える。

どうも別れた女房は、いまだに安男を買い被っているらしい。苦労知らずの育ちのうえ、景気のいい時期にいい思いをさせてしまった。不動産業が水物だということは十分に承知していたつもりだったが、あの栄華をきわめたうたかたの時代には、まるで忘れていた。

(三十万なんて金は――)

と、城所安男は胸の中で呪文のように呟《つぶや》いた。そう、あのころには毎晩の酒代だった。四十歳という年齢が、若いのか老いているのか安男にはわからないが、全収入の仕送りという絶望的な生活が始まって以来、それが再起不能の年齢のように思えてきたのはたしかだ。

ようやく、汗が引いた。

仕事は包装用資材の注文取りである。カタログとサンプルを持って、店舗を回る。いちおう一日一件の新規契約がノルマとされているが、この不景気では足を棒にして歩き回ってもせいぜい三日で一件、ネーム入りの紙袋の注文が取れるか取れないか、というところである。

従業員が二十人ばかりの小さな問屋だから、城所安男が食いぶちの分だけ働いていないのは公然としている。社長のクラスメートだという理由だけで、自己破産者が食客になっているのだと、誰もが考えている。もちろん事実はその通りで、まことにわかりやすい。だからこの仕事を始めてから二年が経つというのに、従業員たちと話をすることもめったになく、アフター・ファイブの付き合いもない。城所安男の存在そのものが、社内では人の好い二代目社長の道楽のひとつ、と考えられているようだった。

しかしこの経済的困窮は予断を許さない。今のところ何とか四カ月間の責務は果たしているが、二百円のスタンド・コーヒーすら飲めずに公園でぼんやりと時を過ごすようになっては、もう限界だ。

社長に打ち明ける前に、まずは手順として弁護士と折衝しようと安男は思った。

何とも気が重い。電話をすると居留守を使われるかもしれないから、直接事務所を訪ねよう。栄華をきわめた時代にはよくしてやったつもりだが、今では腐れ縁だと思っているにちがいない。

弁護士の野田は高校の同級生で、かつては「株式会社城所商産」の顧問弁護士だった。今から思えば、地価高騰の波に乗った城所商産が独立事務所を持たせてやったようなものである。同業の顧問先も、星の数ほど紹介してやった。

しかし野田は、安男に恩義を感じているふうはない。それどころか、たまに会うたびに疫病神でも見るような目つきをする。言ってやりたいことは山ほどもあるのだが、人間落ち目になると、いかに正義であろうと主張する気力がうせる。

気は進まないが、ともかく野田と会わねばならない。

「よっこらせ」と声を出してベンチから立ち上がると、安男は神田駅の方角に向かって歩き出した。

何のことはない。はなから野田の事務所を訪ねるつもりでここまで来ていたのだ。

噴き出る汗を腐ったハンカチで拭《ぬぐ》いながら、安男は欠け落ちた前歯の空洞を舌でさぐった。春先に、弱っていた前歯が根元から欠けた。この数年でめっきりと痩せ、往年の覇気のかけらすらなくなった顔に、とどめを刺されたようなものだった。頭髪も薄くなり、生えぎわには白髪も目立つ。「貧相」と判で捺《お》したような顔だ。

歯を入れなくては、運気はめぐってこない。

しかし、金がない。

前歯の欠け落ちた貧相な顔は、いかにも自分が堕ちた地獄の有様を象徴している。

それにしても、何と暑い夏だろう。

「やあ。相変わらずくたびれた顔してるな。電話してくれれば昼飯ぐらいおごったのに――すまんな、ちょっとこれから出なきゃならないんだ」

案の定、野田は嫌な顔をした。高校時代から要領のいいやつだった。

成績が良かったのは、クラブ活動とか行事の委員とか、学問に不必要な付き合いごとを一切しないからで、そのぶん嫌われ者だったが、結果は出した。要するに、こういうふうに生きなければならないというお手本のようなやつだ。この性格はサラリーマン社会では致命傷にもなりかねないが、さすがに要領のいい野田は、自分の資質まで知り抜いていた。

無駄な付き合いはせず、非情で、かわり身が早い。弁護士は天職だと思う。

「十分だけ、いいかな。ちょっと困っているんだ」

「ああ――なら、十分だけな」

そらぞらしく時計を見る。何が十分だけ、だ。おまえ、その時計の来歴を忘れたわけじゃあるまい。独立して事務所を開業したとき、俺が贈った時計だということを忘れたか。いくら仕事がうまくいったって、金のロレックスを買う度胸は、おまえにはあるまい。

いや、野田は忘れている。そういうやつだ。

「まあ、座れ。どうした、中西と何か揉めたのか」

と、野田はやはりそらぞらしく眉をひそめた。安男が破産したとき、とりあえずの働き口として中西に引き合わせてくれたのは有難い。おかげで債権者とは縁が切れたし、二年の間なんとか仕送りもできた。

「いや、そうじゃない。よく面倒みてくれてる。俺は厄介者にはちがいないんだが」

「あいつはいいやつだからな。昔から勉強はできなかったけど、妙に鷹揚なところがあった。大学も二浪一ダブだそうじゃないか。いかにも日大ふうの鷹揚さがあるよな、あいつには」

それを言うなら、野田弁護士は中大ふうのセコさに気付いているのだろうか。社長の中西にしても、鷹揚というよりは茫洋といった方が正しいと思う。

「仕送りの件なんだけどな。女房子供の生活費」

え、と野田はまるで意外なことを聞いたように愕《おどろ》くふうをした。

「そりゃあ、城所。今さらどうこう言うのはまずいよ。三月に先方の要求を書類にして送っておいたろう。おまえまさか、実行してないわけじゃあるまいな」

「いや、ちゃんとやってる。今のところは」

「今のところ？　――おいおい、離婚調停のとき、おまえ何て言った。すべては身から出たサビ、要求には命を懸けて応ずる。おまえ、まだ生きてるじゃないか」

「あのねえ、野田君……」

まともな抗弁の思いつかぬ自分が情けない。少くとも二年前までは、この男からおまえよばわりされたことはなかった。もちろん自分も、「野田君」などとは呼ばなかった。

「俺の給料な、手取りで三十万なんだよ」

「それはおまえと中西で考えることだろう。ちがうか？」

「そりゃそうだけど……しかし現在の俺の生産性からいうとだね、それ以上はどうしたって……いや、多少の無理は聞いてくれるかもしれないよ、中西は鷹揚だからな。でも、多少のベースアップでどうこうできる額じゃない」

「だったら三月の時点でどうしてそう言わないんだ。無理なら無理で、俺からも交渉の余地はあったよ。四カ月の既成事実っておまえ、けっこう重いぜ。英子さんだってそのつもりで生活プランを立てちまってるんだから、今さらやっぱり無理ですはないだろう」

「あの、野田君――」

安男は掌を上げて野田の弁舌を制した。情けない言いわけが咽《のど》に絡みつく。

「俺は、自分が悪いことをしたと思っているからね。だから三度の飯を一度にしても、英子の要求には応ずるつもりでいた。しかし、その一度の飯が食えない」

「ああ、ああ、やってられねえよなあ」

と、野田は立ち上がった。くつろげたネクタイを締め直し、背広を着る。

「野田君。おい、野田」

「俺はボランティアじゃないぜ、城所。どう考えたって城所商産の破産管財人までで、俺の仕事は終わってるんだ。一文の金にもならないおまえら夫婦の民事調停まで付き合って、クラスメートにまで頭を下げてだな、このうえ養育費がどうのこうのなんて」

「そうつれないこというなよ。なあ、野田」

野田は背広の裾を引く安男の手を、穢《けが》らわしいもののように払いのけた。

「三度に一度の飯が食えないだァ？　――おまえの浪花節はもう聞きあきた。よし、それならはっきり言わせてもらう」

野田は安男の顔を覗《のぞ》きこみながら声を絞った。

「……おまえ、カネ隠してるだろう」

真顔だった。からからに干からびた怒りのかさぶたを、野田の神経質そうな細い指先が弄《もてあそ》ぶ。

「なあ、城所。おまえ会社つぶしたとき、どこかにカネ隠したろう」

「冗談はよせ」

怒りを押し殺しながら、安男はようやく言った。

「俺の計算では、少くとも五千万の不明金がある。白状しろ」

「ふざけるなよ。そんなものがあるかどうかは、英子が一番よく知っている。会社の経理はあいつがみていた」

「その英子さんといろいろ考えた末の結果だ。あのころのおまえは飲む打つ買うの道楽三昧だったが、それにしたって倒産前の一年で五千万の金を湯水のごとく使っちまうとは思えない」

そのうちの五百万くらいはおまえが飲んでいるんだぞ、と安男は腹の中で叫んだ。言葉を嚙みつぶすと、仮面を被ったような卑屈な笑顔がうかんだ。

「ないよ。そんなもの」

「そうか？　まあ、俺にとっちゃどうでもいいことだけどな。月に三十万の仕送りが常識にかからないのはわかる。十五万だっておまえの安給料からすれば、無理だよな。だがおまえはそれを二年間、きっちりとクリアーした。倍額になっても、文句ひとつ言わずに四カ月は送金した。できるはずのないことをやってるというのはつまり、実はへそくりがあるってことだろう？　ちがうか」

「ちがう」

と、安男は言った。言うにつくせぬ抗弁を言葉にすると、その一言しか口には出なかった。怒りで顎《あご》が歪む。

「じゃあこの四カ月、おまえどうやって生きてたんだよ。破産者だもの、借金ができるわけないよな。そこいらの町金融だって、きょうびそのくらいのリストは持ってる。カスミでも食ってたのか、あ？」

二十日鼠のように、色白の姑息《こそく》な顔。こっちが羽振りのいい時分はさんざんおべんちゃらを言って、鞄持ちみたいに銀座のクラブをついて回ったくせに。

「アパートの家賃だっておまえ、六畳一間にお勝手がついてりゃ三万や四万はするだろ。風呂、ついてたっけ？」

「ないよ。そんな上等なもの」

「だったら風呂銭だってバカにはなるまい。な、わかるだろ、俺の計算。いくらドンブリ勘定のおまえだってわかるよな。つまりこの四カ月間、おまえはアパートの家賃も払わず、風呂にも入らず、しかもカスミを食っていたことになるんだ。それでも隠し金はないって言い張るのか」

「そんなものないって。ビタ一文ない」

ふっ、と野田は安男の頬に息を吹きかけて顔を離した。

「ともかく、仕送りができないのなら、英子さんと直接交渉してくれ。俺はボランティアじゃない。じゃあな。あんまり仕事さぼるなよ、中西の恩を忘れるな」

野田は事務員に何やら囁いて外出してしまった。

じきに、事務員が湯呑を下げにきた。

「社長──じゃなかった、城所さん。うちの先生もこのところ忙しくって、すみませんねえ」

いかにも帰れ、というふうに事務員は戸口に立っている。

「ああ、君は一部始終を知ってるのか。いやはや、面目ない」

「ま、悪いことばかりじゃないですよ。人生到るところに青山ありって」

「禍福はあざなえる縄のごとし、とか。だとすると──」

立ち上がって、城所安男は夏空の拡がる窓を見た。

もし禍福があざなえる縄のように等量であるとしたら、まだ当分の間は悪い暮らしが続くのかもしれない。いや、一生続いてもふしぎではない。金勘定でいうのなら、十年の間にそれだけの金を稼ぎ、それだけの金を使った。

「気を落とさないで下さいね、社長。じゃなかった、城所さん」

「もう落ちるところまで落ちたよ」

「いえ、苦労ってものは、そう思ってからが長いんです。経験上」

けっこう苦労人らしい事務員の一言は、胸に応えた。

会社の人間たちとは、あまり顔を合わせたくはない。

だから朝はなるべくぎりぎりに出社して、すぐに営業に出る。帰りも四時をめどに戻って日報を書き、そそくさと退社する。

外回りの営業は他に四人いるのだが、机を並べていてもほとんど会話はない。彼らはそれぞれにワゴン車を与えられており、もちろん生産性はある。

記載事項など何もない日報を書き、社長室に行った。営業を取りしきっていた先代以来の大番頭が何年か前に死んで、今は社長の中西が陣頭指揮をとっている。だから日に一度は、いやでも顔を合わせねばならない。白紙同然の日報を毎日届けるのは辛い。

「はい、ご苦労さん」

と、中西は日報をろくに見もせず判をつく。

「ちょっと、いいですか社長」

ン？　と中西は人の好さそうな赭《あか》ら顔を向けた。

日本橋横山町の包装用資材問屋の二代目、といえば、誰が想像してもこの顔だろう。頭頂ちかくまで禿げ上がった頭にまん丸な顔、小さな目は象のように愛らしい。頼まれればいやとは言えぬ性格をつけこまれて、弁護士の野田に荷物をしょわされたというところか。

そういえば中西は学生時代からいつも、要領のいい野田の被害者だった。五十音の席順でいくと二人は前と後ろで、野田が宿題のノートを提供するかわりに、中西は掃除やゴミ捨ての当番を請け負っていた。もちろんそうした関係を対等の安全保障体制だと思いこんでいるのは中西だけで、野田にしてみればこれほど都合のいい友人はいなかっただろう。カンニングや提出物の類似が発覚したときは、必ず中西が責任を負う仕組みになっていた。

「給料のことだろう? さっき野田から電話があった。いろいろ大変だよな、おまえも」

「やあ、聞いたんですか」

うん、と中西は高校時代そのままに、人の好さそうな笑顔で肯いた。

「俺は、野田の言うことはどうかと思うんだけど」

「え、あいつ何て言ってたの」

少し言い辛そうに、中西は顔を引いた。

「いやね、野田が言うには、城所は本当はカネ持ってるんじゃないかって。そんなこと、あるわけないよな」

「そりゃあ、もちろん。で、あいつ、それから何て――」

「だからァ、城所が無理なこと言っても、聞くなって。破産したやつを食わせてるだけだって大変なんだから――いや、野田がそう言ってたんだよ。俺はちっとも大変じゃないけど」

古手の経理部長が入ってきて、中西は口を閉ざした。

「すまん城所、ちょっと待ってくれ。すぐ終わるから」

と、中西は小切手帳を金庫から取り出してチェック・ライターを押した。

社長が支払小切手を切る間、経理部長は横目で胡散《うさん》くさそうに城所を睨《にら》んだ。

「説教ですか、社長」

「え？　――まあね。もうちょっと数字つけてもらわないと。他の連中の手前」

「教習所、行かせたらどうです。車も一台遊んでるんだし」

「そうだな。おい、城所。そろそろ免許取りに行くか」

運転免許は二年前の倒産劇のどさくさで失効したままである。なければないで、べつに不自由はしない。しかし免許のないこと自体が営業成績不振の免罪符になっているふしがあるので、あえてそれを復活させてもらうのは、あまり有難いことではない。

「そうですねえ」と、城所安男は言葉を濁した。

「いずれにせよ、特別扱いというのはまずいですな。同じように働いて、同じような実績を上げてくれないと」

経理部長は老眼鏡を傾《かし》げながら、中西と城所を交互に見た。

会社には親の代からの番頭が何人もいる。中西は彼らに対してひどく気を遣っている。

「まあ、説教の続きをするから。ご苦労さん」

経理部長は中西に忠義な一礼をして、社長室を出て行った。ドアを閉めるとき目が合った。

「いろんなこと、言われてるんでしょう」

「いや、べつに。俺は社長なんだから、何も言わせせんよ。そんなことよりなあ――」

と、中西は禿頭を撫で上げて安男を見た。困り顔である。

「三月から三十万の仕送りしてたんだって？　おまえ、どうやって生活してたの」

面と向かってそう訊ねられても、安男には答えようがなかった。その間どうやって暮らしていたのか、いや、正しくはこの二年間どのようにして飯を食ってきたのか、説明はどうしても口に出せなかった。

「まさか、また借金じゃないだろうな。せっかく自己破産までして身ぎれいになったのに、それじゃ意味がないよ」

中西に嘘をつくのは辛い。しかし真実は言えない。

「借金といっても、親兄弟からだから」

「そうか。ならいいけど――だが、あんまりいいことじゃないな。それだって煮つまっちまってるんだろう？　俺に話があるっていうのは、そのことじゃないのか」

「まあ……そうです」

椅子に沈みこんで、中西は天井を見上げた。ポーズではない。本当に困っている顔だ。

「俺も苦しいところなんだ。経理部長はまず、ウンとは言わない。とすると、俺がプライベートに補塡《ほてん》するほかはないんだが、財布は女房に握られてるしなあ。道楽でもあるのなら、経費で落としてそっちに回すという手もあるけど、ご存じの通りゴルフもしないし酒もそうは飲まんし——」

「いいよ、有難う。聞かなかったことにして下さい」

「そうはいってもおまえ、何ともならんだろうが」

「何とかするから、いいよ」

「責任を感じるよなあ。俺も下駄を預かった以上は、とことん面倒みてやろうって肚《はら》はあるんだけど。月々三十万の仕送りだって？　ちょっと常識はずれじゃないのか、それ」

「いや。そういう生活をさせちまっていたんだから、仕方ないさ」

「でもなあ……一緒に暮らしているのならわかるよ。金の切れ目が縁の切れ目で、とっととおまえを捨てて出て行った女房に、そこまですることはないんじゃないか」

「女房はともかく、子供に罪はないから」

「切ないよなあ……」

「いいよ。いいって。変な話を聞かせちゃって申しわけなかった。野田には適当に言っておいて下さい。こっちは何とかするから」

「そうかあ。俺も少し手を考えてみるけど。あんまり期待しないでな」

もともと無理な相談だったのだと、安男は今日という一日を悔やんだ。

さて、いよいよ切羽つまった。

首をくって保険がおりるのなら話は早いのだが、そんなものはとっくに解約してしまっている。

そうかといって、銀行強盗の気力はない。

明日は給料日だが、五日後の月末には右から左へと消える。

2

城所安男には、中西も野田も与《あずか》り知らぬ秘密があった。

もちろん五千万円の隠し金などではない。だが、彼が二年の間律儀に収入の半分を仕送りし、この四カ月にわたってカスミを食わずにすんだ種明かしはそれである。

浅草橋から各駅停車の総武線にのんびり揺られて帰る。中央線の快速を利用すれば五分や十分はちがうのだが、時間を節約する理由はない。しかも朝夕のラッシュ・アワーとは無縁である。

しかし、安男が高円寺のアパートに帰るのは週末だけだった。たいていは途中の東中野で降りる。

遠い昔から、奇跡のように変わることのない小さな駅。ひとつきりのホームも、そこから見る風景も、安男が子供の時分とほとんど変わっていない。

新宿からわずか二つ目だというのに、まるで郊外の小駅を思わせる駅頭に出て、やはり時間に取り残されたようなひなびた商店街を歩く。昼間の熱気がほどよくさめて、夕まぐれの風が心地よく吹き過ぎる。

商店街を左に折れ、神田川に向かって緩い坂道を下る。古アパートと三階建の小さなマンションがみっしりと建てこむ迷路の中に、マリの部屋はあった。

引越しのとき車がつけられなくて、運送屋を往生させたと、いつだかマリは言っていた。一夜かぎりの男を連れこんでも、つきまとわれる心配はないのだとも言っていたが、それは見栄というものだろう。

だが、さもありなんと思えるほどの複雑な路地だ。

三階建の古いマンションは「柏木コーポラス」という。柏木という地名はとうの昔に地図から消えているから、その名称だけでも築三十年は経っていることがわかる。

階段の上がり口の郵便受けには、十二世帯のうちの半分ほどしか表札が出ていない。そうかといって、空室があるわけではなかった。

「コンニチハ、オカエリナサイ。マリサン、マダイルヨ」

歌舞伎町にご出勤のフィリピーナが、愛想よく声をかける。

「やあ、こんにちは。いってらっしゃい」

「イッテキマス」

肌の色のちがうマンションの住人たちは、ものの何カ月かでそっくり入れ替わってしまうのだが、みなマリとは近所付き合いがあった。

マリはそういう女だ。

三階の部屋のドアは開け放してあった。

「物騒だよ。クーラーかけてないのか」

どう考えても四畳半のサイズしかない六畳が二間。仕切りの襖は取りはずして、法外に大きなベッドの脇に立てかけてある。

マリは西向きの窓を向いて化粧をしていた。

「まだいたのか」

「うん。きょうは同伴だからね。カレー作っといたから、一緒に食べようよ」

「だったら晩飯はお客さんと食うんじゃないのか」

「二度食べるからいい」

「太るぞ」

「水飲んでも太るんだから、同じよ」

厚いファンデーションを塗りたくると、マリの顔はよけい大きくなった。

「口紅は、ごはんのあと」

花柄のムームーを翻してスツールから立ち上がると、マリは安男の首に腕を絡めてくちづけをした。

この風船のような女と暮らしていることを、自分が生きるためだとは思いたくない。だが、惚れていないことは確かだ。男性の名誉にかけて。

長い接吻に文字通り閉口しながら、安男は考えた。

この女を選んだわけではない。もちろんマリも自分を選んだわけではないのだから、この暮らしは一種の宿命だろう。

今から思えば、マリが銀座の高級クラブにいたということ自体、信じられない。夢のような好景気のことで、おそらくどこのクラブも手不足だったのだろう。

マリはアルバイトの女子大生たちの、引き立て役のようなものだった。マリがこの巨大な許し難い尻をボックスに押しこめば、そのほかのホステスは何の芸がなくとも若いというだけで、また肥えてはいないというだけで魅力的に見えたものだ。

もちろんそのころ、とりたてて親しくした記憶はない。店がひけたあとホステスたちを引き連れて食事をしたとき、紛れこんでいたことぐらいはあったかもしれないが。

破産をし、すべてを失って銀座とも縁の切れたころ、日曜日の新宿でバッタリと出食わした。旧知の人間とは誰であれ顔を合わせたくなかった。そしらぬふりでやりすごすと、マリは人ごみをかき分けて追ってきたのだった。

（社長！　お久しぶりィ！）

いやなところでいやなやつに会ったと、うんざりしたものだ。いっときは肩で風を切っ て歩いた銀座に、悪い噂を流してほしくはなかった。

あの日、屋上ビアガーデンで理由なき乾杯をし、身の上に起こった出来事のすべてを語ってしまったのはなぜだろう。それはたぶん、安男がこの世紀末的な感じのする醜女《しこめ》を、女だとも、いや人間だとも認めていなかったからではあるまいか。

酔った勢いでこの部屋にしけこみ、自虐的な欲望にかられてマリを抱いた——。

「しようか、ヤッさん」

唇を耳元に滑らせて、マリは囁いた。

「あとでな」

「寝ちゃったら起きないくせに」

「起きるよ。約束する」

幸いこういう約束は実行されたためしがない。マリは眠っている安男を揺り起こすことはしないし、安男も朝寝しているマリを目覚めさせぬように出勤する。しかも週末は高円寺のアパートに帰るという法律を勝手に作っているのだから、二人が会話をかわす機会もめったにはない。

二年の暮らしの間に、マリを抱いたことは算《かぞ》えるほどしかなかった。

「ねえ、ヤッさん。あたし、銀座に戻ろうと思うんだけど」

キッチンでカレーを温めながらマリは言った。

「やめとけよ。この不景気じゃ銀座も干上がってるさ」

「新宿だってよくはないわよ。きのうだってお茶ッぴき」

「きょうは同伴だろう。今どき銀座に出たって、そんなけっこうな客はいないよ」

「キャバレーの客ってね、やらせろ、って顔に書いてあるの。もう、うんざり」

「銀座の客だって肚の中は同じさ。ツラの皮が厚いだけだ。考えていることが顔に出ない」

「ふうん。そうか、なるほど」

皿をテーブルの上に置いて、マリは向かいに座った。

「なによ、ヤッさん。ジッと見ないでよ。何か顔についてる?」

「いや、痩せたらけっこういい女じゃないかなって思った」

「いただきます」

安男の言葉を聞き流して、マリは食事を始めた。

お世辞ではない。ときどきそう思う。痩せるといっても、二十キロの減量は必要だろうが、もともとの顔立ちは決して悪くはない。

「本気で考えようかな、ダイエット」

「よせよ。体をこわす。五キロや十キロなら、やらない方がましだ」

「ひどい言い方——でも、キャバレーの客にはデブフェチっていうの、いるのよ」

「デブフェチ？」

「そう。デブがいいっていう人」

おそらく七十キロは優に超えているだろうと思われるマリの巨体を見つめたとたん、安男は水を噴いた。

「わるい。すまん。しかし、デブがいいんじゃなくて、小肥りがいいんだろう、それは」

「あたし、小肥りじゃない？」

気を取り直して飲んだ水を、安男はもういちど噴き散らした。

「しっかりして、ヤッさん。じゃあ言い直すわね。小肥りがいいっていうのは、仮性デブフェチだけどね、いるのよ、真性デブフェチっていうのが」

「ほう。真性デブフェチ……」

「そうなのよ。こう、あたしのおなかをね、おっぱい揉むみたいにしながら、興奮するの。愛撫するんじゃなくって、肉を摑《つか》みながら——あ、ごめんなさい。変なこと言っちゃった」

「いいよ。べつに」

マリは失言をごまかすように、黙々と大盛のカレーを食った。これほどうまそうに物を食う人間を、安男はかつて知らない。それは下品だとか貪婪だとかいう基準をはるかに超えて、生命の営みを感じさせる。見ていて気持ちがよく、感動的ですらある。

「妬《や》かないの？」

「べつに。俺がどうこう言うことじゃない」

「ごちそうさま」

馬のようにコップの水を飲み干すと、マリはゲップと溜息を同時に吐いた。

「ちょっと、ガッカリ」

「妬いてほしいのか」

「そりゃそうよ。あたし、ヤッさんのこと好きだもの」

「俺だって嫌いなやつとは一緒にはいないよ」

へへっ、とマリは笑う。三日月の形になった目は、愛らしい。

「はい。それで十分です。その先のリップ・サービスはやめてね。そこまでは本心でしょうから」

洋服ダンスを豪快に開けて、マリは衣裳を選んだ。東京中のどこを探せばこれだけのファッションが手に入るのだろうと思われるほどの、派手なドレスが並んでいる。

「ちょっと地味かな」

肩から斜めに天の河のラメが入ったドレスを当てて、マリは真顔で訊《き》いた。

「そうだね。孔雀色のストールがあったろう。三メートルぐらいあるやつ。あれを掛けたらちょうどいい」

「そうね」

と、マリはストールを引きずり出して肩に巻いた。

「何だか爆発しそうだな」

ドレッサーに向き合って、燃えるようなルージュを引く。金メッキの豪勢なブレスレットを巻き、轡《くつわ》のようなイヤリングを耳に下げると、国籍不明だがとにもかくにも圧倒的な夜の仕度ができ上がった。

「俺、ちょっとでかけるけど」

「帰ってくる?」

「ああ。俺の方が早いよ」

マリは安男の行動を詮索することがない。いや正しくは、WHで始まる疑問を口にしたためしがなかった。それは彼女の性格というより、身にしみついたホステスのマナーなのだろう。

「久しぶりにおふくろの見舞いに行ってこようと思って」

キッチンで手早く皿を洗うと、マリは濡れた封筒をテーブルに置いた。

「お見舞い。あたしからじゃないわよ。話がややこしくなるからね」

「いいよ。そこまでしてくれなくても」

「持ってて邪魔になるものじゃないわ」

「そっちも給料前じゃないのか」

「デブフェチのお客さんにもらったの。べつに名前が書いてあるわけじゃないから、いいでしょ」

悪いな、と安男は頭を下げた。

「すみませんとごめんなさいは言わないって約束でしょうが。そのかわりって言っちゃ何だけど、きょうは起こすわよ。生理前なの」

けたたましく笑いながら、マリは出て行った。

急に深閑としてしまった部屋の中で、安男はしばらくぼんやりと煙草を喫っていた。

マリはいくつになったのだろう。初詣でに行ったとき、今年はいよいよ三十の大台だと嘆いていたが、五年前に銀座のクラブで会ったときも、たしか同じことを言っていた。

二年もこんな暮らしを続けているのに、マリのことは何も知らない。

濡れた封筒には一万円札が三枚入っていた。

母の入院する大学病院は、三鷹の駅からさらにバスを乗り継がねばならない。ところどころに芝畑や雑木林の残る暗い道を走るうちに、車窓を雨が縫い始めた。

姉から母の入院を知らされたのは半月も前である。仕事の途中で寸借《すんが》りに行き、けんもほろろに追い返されたとき、そう言われた。もっとも、狭心症の持病を持つ母は入院も年中行事のようなものだから、あわてて駆けつけるほどのことではない。

だが、母には会いづらかった。

安男が生まれてすぐに、商社員だった父が死んだ。出張先での交通事故だった。女手ひとつで四人の子供を育て上げた気丈な母である。しかも長兄は国立大学を苦学して卒業し、一流商社に入った。次兄は奨学金を受けて医大に進み、姉はエリート銀行員に嫁いだ。しかし末ッ子の安男だけは、兄たちに続いて都立の進学高校に行ったまではよいものの、大学受験に失敗し、絵に描いたようなドロップ・アウトをした。たとえうたかたの夢であっても、母だけは安男の成功を心から喜んでくれた。会社を潰したとき、兄たちは口を揃えて「それ見たことか」と言ったが、母だけはしんそこ心を痛めてくれた。

そして、手形の決済に追われる安男に、なけなしの財産をそっくり提供してくれたのだった。

白亜の砦《とりで》のようにそそり立つ大学病院にバスが着いたころには、車寄せに水が流れるほどの本降りになっていた。

面会時間は過ぎており、外来病棟は水底《みなぞこ》のように静まり返っていた。何だか母の訃報を聞いて駆けつけてきたような気分になった。

いつかそういう日もやってくるのだろう。きっとかかりつけの、この病院にちがいない。

エレベーターの中で、母の齢《とし》を算えた。今年の秋には七十の古稀を迎える。心臓に重い病を抱えて、おそらく心残りといえば末ッ子のことだけだと思う。

七階の内科病棟で、ナース・ステーションに寄る。時間外の面会簿に氏名を記入していると、縁なしメガネをかけた冷たい感じのする看護婦が、じっと安男を見つめた。

「城所さん、ですか？」

「はい。母がお世話になっています。ども」

「よく似てらっしゃいますね。顔だけでわかるわ」

「は？　母に、ですか」

「いえ。日赤の城所先生に」

「ああ、すぐ上の兄です。ご存じですか」

「私、この間まで広尾の日赤病院にいたんです。わあ、そっくり。ひと回り小さくしただけですね」

あまりいい気持ちはしない。二つちがいのできの良い兄とは、子供の時分からことごとに比較されたし、安男はいかにも理科系の無機質で冷淡な兄の性格が好きではなかった。安男の行状を最もあしざまに非難するのも、決まってその兄である。

数年前に渋谷のテナント・ビルにクリニックを開業したのだが、週に何度かは古巣の日本赤十字病院の外来診療に通っている。

「ご面倒をおかけしてます。兄ももう少し目の届くところに入院させればいいのにな」

「そういうのって、ドクターはみなさんいやがりますよ。患者さんも甘えるしね。それに、城所先生はご専門じゃないですから――そうそう、ちょうど担当の先生が当直なんです。ご家族にお話があるっておっしゃってたんで、ちょっと待ってて下さい」

「あ、いえ、それでしたら――」

病状の説明を聞く立場ではないと思った。息子にはちがいないが、自分はみそっかすだ。

「あの、看護婦さん、そういうことは兄が聞いた方が――」

「どうぞ、こちらへ」

と、看護婦は安男の意思などおかまいなしにナース・ステーションの奥から手招きをした。

立襟の短い白衣を着た医師がレントゲン写真を覗いていた。見るからに内科医という感じの、神経質そうな医者だった。

安男は呼ばれるままにナース・ステーションに入った。

「何度かご連絡をさし上げたのですが、お忙しかったですか？」

眉間《みけん》に不機嫌そうな縦皺《たてじわ》を寄せて、医師は責めるような口ぶりで言った。

「ご長男のお宅に、お電話してたんですけど」

と、看護婦がどちらに言うともなく補足した。

安男はひやりとした。

まただ。あいつら誰もおふくろの面倒を見てやしない。ほっぽらかしなんだ。

「何しろクソ忙しい商社マンなもので。申しわけありません」

「ああ、そう。次男の方は東京日赤の医局にいらっしゃるとか」

「いや、医局というより、開業して外来を診ているんです。耳鼻科なんですけどね。そっちも忙しいもので」

「そりゃまあ、忙しいですわ。ええと、お姉さんは？」

医師は書類を繰りながら、さらに責めるように言った。

「嫁に行ってますから」

理由にはなるまい。医師は上目づかいに安男を睨《にら》んで、呆《あき》れ果てたように溜息をついた。

「べつに家族の方ならどなたでもいいんですけどね。お兄さんたちがお忙しければ、奥さんでもいいんだし。完全看護というのはね、何も命まで病院に預けるという意味じゃないんですよ」

「ごもっともです。相済みません」

頭を下げながら、兄たちの不孝をなぜ自分が詫びなければならないのかと、安男は理不尽を感じた。

ふと、医師がレントゲン写真を見つめたまま押し黙った。怜悧な表情が蛍光灯の光を浴びて、いっそう冷ややかになった。

「なにか……」

何と言おうとしたのか、医師は横目で安男を睨んだ。

「いいですか。よおく見て下さいよ。心臓に血液を送りこむ冠動脈ですね。この大事な血管にコレステロールがいっぱいたまって、細くなっているんです。とくに深刻な狭窄《きょうさく》部位はここと、ここと、ここ。このあたりもかなり。わかりますか?」

医師は正常な血管のレントゲン写真を、母のものと並べて置いた。はっきりと母の病の有様がわかった。

「どこか一カ所が詰まれば、心筋梗塞を起こします。いわゆる心臓マヒですな。それを回避するために、現在はワーファリンという血液をサラサラにする薬を投与しています。それと、血管拡張剤。いわゆるニトロですね。これは軽度の狭心症には劇的な効果を表すのですが——」

「ああ、知っています。胸が苦しくなると、母はよくそれを舐《な》めていました」

「そう、それです。ただしお母さんの場合、錠剤ではもう効果が期待できない。そこで今は、常時カリウム剤と一緒に点滴で入れています。つまり――」

と医師はレントゲン写真から目を戻して、メガネをはずした。

「つまり、ニトログリセリンを常時注入していないと、いつ心臓が止まるかわからないという、きびしい、きびしい状況なのです」

きびしい、という言葉の、長い説明だった。安男はきつく瞼を閉じた。これはおそらく、死の宣告だ。

「何か方法は……」

「方法ねえ。もちろん、いろいろと模索したんですがね。部分的な狭窄には、まずバルーンが効果的なのですが」

「バルーン？」

「風船です。狭窄部にカテーテルで風船を導入しましてね、膨らませるんです。その圧力で血管を押し拡げる。あるいは、その部位に金属製のパイプやコイルを残置してしまうという方法もあります。ところが、お母さんの場合はご覧の通り全体の血管が細くなってしまっている上に、狭窄部があまりに多すぎる。部分的に血管を拡張するそうした療法では、まったく歯が立ちません。不可能といってもいい」

手帳を取り出したものの、メモを取る気にはなれなかった。

降りしきる雨の中に、身じろぎもできずに立ちすくんでいるような気持ちになった。体が冷えて行く。

「何か、ほかの手だては……」

親不孝の重みが肩にのしかかった。母が、死ぬ。母が死んでしまう。椅子を軋《きし》ませて、安男は医師ににじり寄った。

「俺、何でもします。おふくろの心臓と俺の心臓を取りかえられませんか。俺のために、おふくろはこんなになっちまったんだから、俺、何でもします。お願いします」

「城所さん、落ち着いて」

と、看護婦が肩を抱いた。

「まさかそういうわけには……お気持ちはわかりますが」

こんな重大な話を、兄たちはなぜ聞こうとしないのだろう。

「信じられねえよ、そんなの」

安男は子供のように両掌で目頭を押さえた。もし母が死んでしまったらと、幼いころいつも考えては怯えていた。とうとうその日がやってきてしまったのだ。

「実はね、城所さん」

と、医師は初めてやさしい口調で言った。

「外科手術という手がないわけじゃないんです。いわゆるバイパス手術ですね。このあたりの狭窄部を大きくまたいでしまう別の血管を作る」

目を上げて安男は肯《うなず》いた。

「何でもやってみて下さい。助けて下さい」

「いや、最後まで聞いて下さいね。しかし、ちょっと言葉は悪いんですが、それをするには時機を逸したようなんです」

手遅れ、という言葉が脳裏を走った。時機を逸するという言い回しは、そういう意味なのだろう。

「冠動脈形成術というのは大手術なんです。人工心肺を使うんですからね。何時間も心臓を止めるんですよ。果たしてそれだけの負担に、心臓そのものが耐えられるかというと、ちょっと……」

膝頭が慄え出した。母の小さな体が、手術台の上で切り刻まれる。そして耐えることができなければ、母は解剖されたまま死ぬ。

「……だめなんですか」

「いや、いまうちの教授が検討中です。ご存じですか、春名一郎教授。心臓外科の権威です。結果がわかり次第――そう、あなたに連絡しましょう。お電話は？」

安男は勤務先と、マリのマンションの電話番号を伝えた。高円寺のアパートには電話がない。

医師は硬い表情を崩して苦笑した。

「これでおわかりですよね。私が主治医として苛立っていたわけが。ご家族はどなたも病状を甘く見ていらっしゃる」

「申しわけありませんでした。兄たちにも至急連絡します」

「そう。お願いします。こういう深刻な病状を、まさか電話でお伝えするわけにもいかんでしょう。でも、助かりました。内科医としては肩の荷がおりた感じです」

つまり、内科的にはもう手の施しようがない、という意味なのだろう。

安男は「藤本」という医師のネーム・プレートを読んだ。三十の半ばほどであろうか。この医師は母の主治医として、肉親よりも心を摧《くだ》いてくれたのだと思うと、自然に頭が下がった。

「藤本先生。どうもありがとうございました」

「まだ私の手を離れたわけじゃないですよ。外科手術が無理なら、ずっと私がお付き合いしなけりゃならない」

できるだけの延命措置をして、死に水を取る、というふうに聞こえた。

「さあ、病室に行っておあげなさい。お子さんが四人もいらして、かれこれ半月も誰も顔を見せないんじゃ、いくら何でもお淋しいですよ。大きなお世話かもしれないけど」

母の病室はナース・ステーションのすぐ隣りだった。

もしや医師とのやりとりが聞こえはしなかったかと、安男は廊下の距離を計った。八時を少し回った時刻だというのに、内科病棟は真夜中のような静けさだった。最新の設備を誇る大学病院の、不必要なほど明るい照明がうとましく感じられた。

ふと、ナース・ステーションに近い病室ほど重篤な患者が収容されているという病院の常識を思い出して、安男は暗澹《あんたん》となった。

母の入院はこの数年の行事のようなものだが、ナース・ステーションの隣りは初めてだ。

広い病室にはベッドが四床しかなかった。無意味な空間が尋常ではない母の病状を暗示している。

「おかあちゃん」

と、安男は廊下から母を呼んだ。窓ぎわのベッドで、点滴チューブの絡まった細い腕が動いた。

顔は窓を向いているというのに、母は安男の呼びかけにすぐ反応した。やっぱりおふくろは俺のことばかりを考えているのだと、安男は思った。ゆっくりと頭が倒されてきた。開け放たれたドアの前に立ちすくむ安男を認めると、母はわずかに微笑《ほほえ》み、チューブを引きずりながら掌を上げて、Vサインを出した。母の明るさが胸に応えた。

「動いちゃだめだよ」

膝頭の合わぬ足どりは、雲の上を行くように心許ない。まるで悪い夢の中のようだ。母のみじめな姿を見たのは初めてだった。どんなに貧乏をしても、決して貧乏を見せない母だった。愚痴をこぼすどころか、苦労は恥だと信じている母だった。だからいつも背筋を伸ばし、口元には笑みをたたえていた。病の苦痛も訴えたためしはなかった。

その気丈な母が、両腕に点滴を打たれ、鼻腔《びこう》から酸素を送られ、心電図のコードを蜘《く》蛛《も》の巣にからめ取られた蝶のように体じゅうに巻きつけて横たわっている。

それでも母は笑っていた。

「おかあちゃん。何だってよお……」

ベッドの脇まできて、安男は絶句した。言いたいことはいくらもあったが、自分が母の唯一の心労の種なのだと思うと、何ひとつ言葉にはならなかった。

母の顔を正視できずに、安男は丸椅子に腰をおろすと、真白な病室を見渡した。

ドアの近くには、ビニールの被《おお》いをかけられた中に、いかにも明日をも知れぬような老人が眠っている。向かいのベッドはカーテンが引かれ、看護婦のシルエットが動いていた。隣りのベッドは床が上げられていた。

安男の視線を追いながら、母が小声で言った。

「お隣り、ゆうべまでいたんだけどね」

ふふっと、母はいたずらっぽく笑った。

「ヤーッちゃん――」

子供のころとそっくり同じ口ぶりで、母は安男の名を呼び、左の掌を拡げた。

大きな外交カバンを提げてアパートに帰ってくるとき、路地で遊ぶ安男に、母はいつも同じ声をかけてくれた。安男は毎日、夕方になると古アパートの階段をおりて、路地に蠟石《ろうせき》で絵を描きながら母の帰りを待っていた。

母の掌は鯣《するめ》のように干からびていた。

「また、ひとりでここまできたわけじゃないだろうな」

叱るように安男は訊ねた。

母はいまだに石神井の古アパートに独り暮らしをしている。子供たちの世話にはなろうとしない。

「消防署に、登録してあるからね、電話するとじきに救急車がきてくれる」

か細い声で、しかし風を貫く笛のようにしっかりと、母は言った。

安男は母の掌を握った。紫色に内出血した点滴の痕が、白い腕を埋めつくしていた。

「お洗濯してたら、発作が起きてね。ニトロふたつ舐めても効かないから、救急車呼んだの。もうそのままでもいいかって思ったけど、やっぱりねえ……」

ながら詫びた。

「ふざけるなよ」

長兄が奨学金つきの新聞配達所に住みこむことになったとき、母は門出を赤飯で祝い

送るたびに、母はいくつも齢をとった。

母は子供たちをひとりひとり、六畳一間のアパートから送り出していった。ひとりを

叱りつけると、涙が出た。

「ふざけるなよ」

(ごめんね、おにいちゃん。勉強部屋があったら、おまえは東大に行ってたよね)

そのとき兄は何と答えたのだろう。記憶にはない。

「ふざけるなよ」

安男はもういちど、母を叱った。

次兄は地方の国立医大に行った。そのときも母は、アパートの階段の下で長いこと兄の手を握って、やはり何ごとかを詫びていた。たぶん、私立の医大に行かせるだけの余裕がなかったことを繰り返し詫びていたのだと思う。

四人の子らは順序よく、母の手を離れていった。

「ふざけるなよ……」

姉は短大を出ると銀行に就職し、寮生活を始めた。ほどなく、いかにもエリートとい

う感じの押し出しの利く若者をアパートに連れてきた。男はまるでテレビドラマの台詞《せりふ》のように、母に向かって結婚の承諾を求めた。誠実な告白を聞きながら、母は笑顔を閉ざし、やがてうなだれ、しまいには畳に手をついてしまった。

（ありがとうございます。ご覧の通りの貧乏所帯で、分不相応は重々承知しておりますが、幸せにしてやって下さい）

男が困り果ててしまうほど、母はずっと頭を下げ続けていた。

そうして子供らをひとりひとり送り出すごとに、母は玉手箱を開けたような老い方をした。

「ふざけるなよ」

「ふざけてなんかいないわ。おかあちゃん、もうすることないもの。みんなよく育ったし」

「俺が残ってる」

母は酸素吸入のパイプを慄わせて笑い、それからうんざりと安男を見た。

「まあ、どうしたもんだか。会社つぶして、女房子供に逃げられて……」

話題を変えねばならなかった。

「名前が悪いんだ。いくら何だって、安男はねえだろ。同じヤスオにしたって、健康の康とか、安泰の泰とか、靖国神社の靖とか、ほかに考えようはあったろうが」

「名前なんて、変えればいいじゃないか」

「おやじが付けてくれた名前を、そうそういじくれるか。俺がおやじからもらったものは、この名前だけなんだから」

母は目で笑いながら、安男の掌を握り返した。この体をもらったじゃないかと、母の目は言っている。

「嫌いなの？　その名前」

「あたりまえだよ。兄貴が高男と秀男、姉貴が優子。だのに何で俺が安男なんだよ。手形や小切手もおかげで面相が悪くて仕方がなかった。代表取締役城所安男って、どう考えてもいつか不渡りとばす名前だよな。ああ、そういえば別れた女房も英子だった。みんないいよな、縁起のいい名前で」

安男が自嘲的に笑うと、母もつられて笑った。

「おまえは明るいね。それだけがとりえ」

「……まあな。たしかにそれだけがとりえだ。兄貴たちと同じ性格だったら、三回は死んでる」

「そうそう。そういえば、おとつい英子さんがきてくれた」

「英子が？」

にわかには信じ難かった。たしかに非人情な子供らや嫁たちにかわって、英子は母の面倒をよく見ていた。しかし金の切れ目が縁の切れ目でさっさと自分を見限った妻が、なぜ今さら母の見舞いになどくるのだろう。

「どうして入院してるってわかったんだろう」

「ああ、それはね――」

と、母は少し言葉を選んだ。

「ヤッちゃんには黙ってたけど、英子さん、このところもずっとね、週に一度や二度は電話くれてたのよ。月に一度は子供たちを連れて様子を見にきてくれた」

「本当かよ……何だそれ、昔のままじゃないか」

「それで、電話が通じないもんで、アパートにきて、お隣りに聞いたんだって」

怒りを通りこして、安男は情けない気持ちになった。冷淡な兄たちや兄嫁や婿のかわりに、縁の切れたはずの英子が母を気遣ってくれていた。

「おまえも、だめな男だねえ」

と、母はしみじみきついことを言った。

「あんないい人が逃げ出すようなこと、しちまうなんて……ああ、情けない」

「情けないのは俺の方だよ、おかあちゃん。どうして兄貴たち、誰もこないの。兄貴たちがちゃんとおかあちゃんの面倒を見ていれば、英子だってでしゃばらずにすむんだ」

「でしゃばり、はないだろ。あの子はやさしいのよ」

「やさしくなんかねえよ」

倍増された仕送りの愚痴が口から出かかって、安男は咳払いをした。

「あいつがやさしいんじゃない。兄貴たちが薄情なんだ」

「いえいえ。みんなタカをくっているだけ。どうせ大したことないだろうって」

「冗談やめろよ。七十になる心臓病の母親をアパートにおっぽっとくなんて、それだけでもふつうじゃないだろ」

「おまえだって同じじゃないの」

「そりゃ、まあ……そうだけど。あ、そうじゃねえぞ。いつだったか、家を建てたとき引越してこいって言ったのに、おかあちゃんがいやだって言ったんだ」

「正解じゃないか。おかあちゃんはあのとき、いやな予感がしてたもの」

「いやな予感？」

「おまえがさ、世田谷にフロ屋みたいな家を建てたって。そんなのおかしいよ。おにいちゃんたちがみんなマンション住まいなのに、優子のところだって、八王子の先にやっとこさ家を建てたっていうのに、なんでみそっかすのおまえが世田谷の豪邸なの。そんなわけのわからない家に行けると思う？」

ひどい言い方に安男は打ちのめされた。しかし今となっては母の炯眼《けいがん》というほかはあるまい。たしかに、正解だった。

「で、英子のやつ何だって？」

「べつに。お見舞いよ。藤本先生が話があるって、ここにいらしたんだけどね、実は事情があって身内ではなくなったから、お話は聞けないって──あれ？　おまえ、英子さんから聞いてきたんじゃないのかい？」

「いや。姉貴から聞いた。おかあちゃんが入院してるから、見舞いに行ってやれって。何を偉そうに、てめえだって来てやしないくせに」

母は英子のやさしさを思い起こすように、ほの暗い天井に目を向けた。

「英子さん、ここで泣いてくれた。私が何でもしてあげたいけど、おにいさんやおねえさんの手前、できないって。ごめんなさいって、何度も言ってくれた」

英子のことは聞きたくなかった。安男は立ち上がった。

「あれ、もう行っちゃうの、ヤッちゃん」

「これから兄貴のところへ行ってくる。俺、頭にきた」

「やめときな。また借金にきたと思われるよ」

「それとこれとは話が別だろうが。俺がしゃんとしてたら、何だってできる。兄貴たちにどうこうしろなんて言わないよ。でも、今の俺にはどうしようもないんだ。八方ふさがりで、医者の話だってまともに聞いてられないんだ。だったらこんなときぐらい、面倒みてくれたっていいじゃないか」

「言ってもわかりゃしないさ。子供たちの性格は、おかあちゃんが一番知ってる」

母は目を閉じて、ふうと大きな息をついた。

「疲れちゃった。ごめんね、少し寝るわ」

母はきっと、兄たちの話をしたくはないのだろう。口にこそ出さないが、理不尽を感じているのは誰よりも母自身にちがいない。

「バイバイ、ヤッちゃん」

母は紫色の腕を力なく上げて、ひらひらと掌を振った。

「おかあちゃん。死ぬなよ。俺、ぜったいおかあちゃんを死なせないからな。会社は潰しちゃったけど、俺、おかあちゃんは潰さないからな。病気は、俺が治してやる」

母は答えなかった。

深い寝息は、たぶん偽りの眠りだろう。

やらねばならないことは山ほどもあった。

いずれにしろ兄たちに会わなければ話は進まない。事態は一刻の猶予も許されないと思った。

3

長兄の高男は世田谷の上馬《かみうま》に、次兄の秀男は千歳烏山に住んでいる。姉の家は八王子だからどこへ行くにしろ京王線に出よう。

玄関先から、つつじヶ丘行きのバスに乗った。夜の雨が、冷房の効いたバスの屋根を叩いていた。

濡れた髪を拭いながら、手順を考えた。

個人的な感情を、まず殺さねばならない。目的はただひとつ、母を救うことだ。兄も姉も、あからさまに自分との関り合いを避けている。その気持ちはわからなくもない。

二人の兄も、姉の夫も、みな四十代の勝負どころで、破産者の弟を遠ざけるのは当然だと思う。

たぶん兄たちは、それぞれの生活を防衛するために密約を交していたのだろう。会社が左前になって借金を頼みこんだときも、保証人に立ってくれるよう英子とともに訪ねたときも、同じ台詞で退けられた。

（おまえの商売に手を貸すほど偉くはないよ。自分のことだけで手いっぱいなんだ）

城所商産の負債総額はしめて十億もあったのだから、冷淡というより冷静な判断だったと思う。

しかし、母の命と自分の不始末とは、話が別だ。

雨脚はいっそう繁くなった。雑木林が歪むほどの風も吹き始めた。途中の停留所からずぶ濡れで乗ってきた男たちが、気象情報を伝えてくれた。

九州に上陸するはずだった大型台風が、急に進路を変えてこちらに向かっているという。

世の中の災いという災いが、みないっせいに進路を変えて自分に襲いかかってくるような気がした。

（しかしそれにしても――）

安男は横なぐりの雨が沫《しぶ》く車窓を覗きながら考えた。

救急車で担ぎこまれたときにも、兄たちは病院にこなかったのだろうか。

たしかに母の入院は行事のようなもので、年に一度や二度は救急隊の世話にはなる。しかし、いくら同じことの繰り返しだとはいっても、心臓発作にはちがいないのだから安易に考えるのはおかしい。もしその発作が藤本医師の説明通り、いずれやってくる心筋梗塞だったとしたら、まちがいなく命がかかるのだ。

母の発作は目の前で見たことがないから、どの程度の苦痛を伴うものかはわからない。少くとも、自分で救急車を呼び、かかりつけの大学病院を指定するだけの余裕はあったのだろう。だとしても、連絡先として指定されている長兄や、病気を知悉《ちしつ》しているはずの次兄が病院に駆けつけぬことは、どうしても腑に落ちない。

安男は暗い気持ちになった。

思い当たったことがある。もしかしたら母は、緊急連絡を入れぬようにと、頼んだのかもしれない。患者にはそれぞれの事情があるのだから、とりあえず生命の危険さえなければ病院は患者の意思を尊重すると思う。

（ふざけるなよ……）

安男は胸の中で呟いた。

子供らに頼ろうとしない母。顧みようとしない兄たち。おたがいの思惑は一致しているとしても、安男には許すことができなかった。

ワイパーが用をなさぬほどの吹き降りの中をバスはのろのろと走り、つつじヶ丘の駅に着いたのは夜も十時に近かった。

駅頭の公衆電話は長い行列だった。安男は濡れるにまかせてロータリーを横切り、電話ボックスに入った。

まず上の兄に電話をするのが筋だろう。細かな説明はせずに、ともかく会わなければならないと安男は思った。兄はいわゆるご都合主義者で、物事を自分本位にしか解釈しない。自分にとっての利益か不利益かを、必ず考える性格だった。

兄嫁が出た。

「夜分すみません、安男ですが——」

一瞬の沈黙。たぶん兄嫁は眉をひそめている。

〈ああ、ヤッちゃん。あいにくうちの人、まだなんだけど。きょうは会社に泊まりかもしれないわ〉

居留守だということは、口ぶりからすぐにそうとわかる。兄嫁が受話器を取ったときは、いつも一言一句たがわぬ受け答えをするからだ。まるでその文句が、壁に貼りつけられてでもいるように。

「急用なんだけど。おふくろのことで」

〈——おかあさん、どうかしたの?〉

安男はとっさにこみ上げた怒りを奥歯で嚙み潰した。

「どうかしたかって……ねえさん、おふくろが入院してるのは、知ってるよね」

〈ええ、そりゃもちろん。どうしたの、具合悪いの？〉

答える気にもなれなかった。もし万が一、これが母の訃報だったのなら、兄はのこのこと電話口に出てくるのだろうか。マンションのリビングで妻の応対に耳を傾けながらゴルフクラブを磨く兄の姿が目にうかんだ。

「具合悪いから入院してるんだよ。救急車をひとりで呼んで、病院に行ったんだよ。ともかく、主治医の藤本先生という人に電話して下さい。兄貴が忙しければ、ねえさんがかわりに。夜分、すみませんでした」

安男は勝手に電話を切った。

薄情な夫婦は、どんな会話を交しているのだろう。

（どうした？　また金の無心か）

（いえ。おかあさんがあんまりよくないから、主治医の藤本先生に連絡してくれって）

（ふうん……べつに心配することもないだろう。ああ、そういえば病状の説明を聞きにきてくれって言ってたな。おまえ、行ってやれよ）

（私？　――私はいやよ。病気のことなら秀男さんに行ってもらったら。プロなんだから）

（それもそうだな。よし、あとで電話しておくか……安男のやつ、おふくろに説教されたな）

（そうよ。それで八ツ当たり。いやな性格ねえ）

（ほっとけ。関り合いになるなよ）

（あたりまえよ）

――と、そんなところか。

気を取り直して次兄に電話をした。この兄は居留守を使ったりはしない。そのかわり、天衣無縫の薄情者である。もともと良心というものを持ち合わせないから、いつも正々堂々としている。

受話器は兄が取った。

「もしもし、安男ですけど」

〈おう。久しぶりだな、元気か〉

兄の声には鋼《はがね》のような重さがある。子供のころから決して自分の非を認めようとしない性格で、その姿勢を貫き通すうちに、いっぱしの人格者のような物腰が備わってきた。クリニックを開業して、誰におもねる必要もなくなってからというもの、教祖的な身勝手さにはいっそう磨きがかかったような気がする。

「夜分おそくすいません。ちょっと相談があるんだ。おふくろのことで。これから行ってもいいかな」

〈おふくろのことだな〉

と、兄は念を押した。借金ではなかろうな、ということだ。

「いま病院に行って、主治医から病状の説明を聞いてきた。電話で簡単に話せることじゃないんだ」

〈説明なら俺も聞いたよ〉

放り投げるように、兄は言った。

〈電話で聞いたんだがな。藤本というドクターから〉

「なんだ。知ってたのか」

〈循環器は専門じゃないが、俺だって医者のはしくれだから、聞けばわかる。三本ともイカレちまってるらしいな〉

「三本、って？」

〈ああ――要するにだな。心臓には冠状動脈という大きな血管が三本ついているんだ。それがみんな狭窄しているらしい。ということはだ、バルーンとかレーザーを使って治療するのは無理で――〉

「手術で治せるかもしれないって、医者が言ってた」

言葉を遮ると、兄は押し被せるように声を荒げた。

〈馬鹿を言うな。それができないから、ずっとだましだまし投薬治療を続けているんじゃないか。希望的な解釈はやめろ。オペすりゃ治るなんて、医者が言うはずはない。俺はまず無理だと思うね〉

何という冷ややかな言い方だろう。厚いメガネの奥の、爬虫類のような細い目が受話器の向こうから自分を見つめているような気がする。

「無理って……電話で話しただけなんだろう。医者とも会わずに、おふくろの顔色も見ずに、そんなこと言うなよ。ひどいぜ、兄貴」

〈俺は医者だ〉

と、兄は銃口でもつきつけるように言った。

「……ともかく、これからそっちに行くよ」

〈来る必要はなかろう。こんな時間におまえに来られたら、家族が気を揉む〉

思わず怒鳴り返しそうになって、安男はガラスごしの雨を見、深呼吸をした。

「なあ、兄貴。だったらおふくろは家族じゃないのか。俺のことはともかく、おふくろは兄貴の家族じゃないのかよ」

〈つまらんことは言うな。俺はおまえを信用していない。一歩まちがえば、俺だって無一文にされていたんだぞ〉

「俺のことじゃない。おふくろの体の話をしているんだ」

いきなり横あいから、〈あなた、かわってよ〉という兄嫁の声がした。受話器を奪う気配がし、男まさりの元看護婦の金切声が耳に飛びこんできた。

〈ちょっと、ヤッちゃん。あなた、いいかげんにしてよ。おかあさんのことですって？

――そんなうまいこと言って、どうせまた借金にくるつもりでしょう〉

〈やめろよ〉と、兄が言った。

〈だめよ、あなたヤッちゃんには甘いんだから――ああ、ヤッちゃん。あのね、これだけははっきり言っておくけど、あなた私たちの家まで借金のカタに入れようとしたってこと、忘れてるわけじゃないでしょうね。おかあさんのことは、うちと上馬のおにいさんとでやるから、あなたは口を挟まないで〉

「ふざけるなよ、ねえさん」

と、安男は声を絞った。怒りで胃が痛む。

「兄貴たちがやるって、何もやってないじゃないか。おふくろはひとりで救急車呼んで、ひとりで入院したんだぜ」

〈それはおかあさんが偏屈なのよ。電話一本かかってきやしないもの〉

「入院したことぐらい、知ってたよな」

〈そりゃまあ……知ってたけど。こっちだっていろいろ忙しいからね〉

「いくら忙しくたって、命はかかってないだろう。おふくろは死ぬかもしれないんだ」

兄が受話器を奪い返した。

〈おい、安男。いいかげんにしろ。女房は関係ないだろう。言いたいことがあったら俺に言え〉

返す言葉を探しあぐねて、安男は目を閉じた。

要するに兄たちは、自分たちの幸福な生活を守ろうとしているのだ。保身にこり固まったエゴイストと言ってしまえばそれまでだが、貧しい少年時代を共に過ごした兄たちの気持ちは、わからぬでもなかった。

「おにいちゃん――」

と、安男は子供のように兄の名を呼んだ。

〈なんだよ。泣き落としか〉

「借金じゃないよ。それだけは信じてくれ。おふくろのことなんだ」

雨の音が受話器の空洞に響いた。

「兄貴たちが、いまの生活を守ろうとしているのはよくわかる。俺だって景気のいい時分は、おふくろのことなんてこれっぽっちも考えてなかったからな。みんな、あの石神井の六畳間からスタートして、医者になったり、商社マンになったり、銀行の支店長の女房におさまったりしてるんだから。でもよ、誰がそうしてくれたかってこと、忘れちゃいけないと思うんだ。ちがうかな。もちろん兄弟の中で一番おふくろに迷惑をかけた俺が、こんなことを言うのはおかしいと思うんだけど、それは百も承知なんだけど、もう少し真剣に考えてくれないか。頼むよ」

兄はしばらく考えこむように押し黙った。言い返そうとしないのは、まったく珍しいことだった。

「なあ、頼むよ。俺が言ったって誰も聞いてはくれないから、にいさんから上馬にも八王子にも、呼びかけてくれよ。みんなタカをくっているんだ。たいしたことはないだろうって。でも、にいさんにはわかるよな。今度ばかりはやばいって」

〈どんな治療をしているんだ〉

少し考える間を置いてから、兄は沈着な医者の声で言った。

「俺はよくわからないけど」

〈きょう見たままを教えてくれ〉

やはりこの兄もまた、母の病状をそれほど深刻には考えていなかったのだろう。

「病室はナース・ステーションのすぐ隣りだよ。大きい部屋なのにベッドが四台しか置いてなかった」

〈ということは、集中治療室か〉

「いや、一般病棟なんだけど、重病人ばかりだった。機械もいっぱい置いてあったよ。おふくろも点滴は機械で入れてるみたいだった。あと、鼻から酸素吸入してたし、ほかにもいろいろなチューブがたくさん絡みついていて――」

〈もういい、わかった。ともかく病院へ行ってみよう。上馬には俺から連絡をしておく〉

体じゅうの力が脱けて、安男は電話ボックスの底に沈みこんだ。

「春名教授っていう人が、詳しい説明をしてくれるって」

〈春名？　春名一郎か〉

「ああ。たしかそうだったと思うけど。知ってるの？」

〈冠動脈形成術の権威だよ――やる気かな〉

兄の声はいっそう硬くなった。

「急いでくれよ、兄貴。あしたでもあさってでも、行ってみてくれ」

安男は会社の電話番号を告げた。

受話器を置いたあと、いくらか気持ちは軽くなったが、そのぶんやりきれない情けなさが胸を被った。

羽振りのいいころだったら――と、安男はガラスに映る不甲斐ない顔を見つめながら思った。

たぶん、薄情な兄たちには知らせようともしなかったろう。誰にも頼らず、母に最善の治療を受けさせたと思う。今は金もない。時間も思うままにはならない。そして何よりも、母の命を自分ひとりで支える気力がなかった。

雨のロータリーを濡れるにまかせて歩きながら、安男はふと、別れた女房のことを考えた。

英子とはしばらく会っていない。去年のクリスマス・イブに、親子で食事を共にしたきりだった。それすらも、野田弁護士に頼みこんでようやく仲介してもらった。大森のマンションに住んでいるということのほかに、英子と子供らの暮らしぶりについては何ひとつ知らない。

自分に対してはそれほど冷淡である英子が、別れたあとも母を気遣ってくれているのは意外だった。まさか亭主に未練があるわけではあるまい。英子は心根のやさしい女だ。

濡れた体で電車に乗る気になれず、安男はタクシーの行列に並んだ。東中野まではいくらくらいかかるのだろう。マリからめぐんでもらった金を使うのだから、まさか多少近いからといって高円寺のアパートに帰るわけにはいくまい。

4

「あらあら、どうしちゃったのよ、ヤッさん。びしょ濡れじゃないの」

マリの甲高い声が夢の中まで入りこんできた。

蛍光灯の光を瞼の裏に感じながら、これこそ夢であって欲しいと安男は願った。喪《うしな》われた暮らしの夢を見ていた。

「ほら、起きて。背広ぐらい脱がないと——あれ、酔っ払ってないわ」

ベッドから安男を抱き起こして、マリは襟元の匂いを嗅いだ。

「どうしたの、ヤッさん。具合悪いの？」

「いや、大丈夫。ちょっと疲れた」

「いくら疲れたからって、びしょ濡れのままベッドで寝てるなんてふつうじゃないわ。何かあったの」

「話せば長くなる。ともかく、びしょ濡れのままベッドで寝るほかはないようなことがあった」

マリはひとしきり猿のように笑ってから、手際よく安男の服を脱がせた。

「聞きたくないのか」

「べつに。話して楽になることなら聞くけど、そうじゃないでしょ。はい、あんよ」

靴下を脱がせると、マリは冷えきった安男の足を掌の中で温《ぬく》めた。

「いやなことって、忘れた方がいいでしょ。話せば思い出す。楽にはならないわ」

「もっともだ。だが気になるだろう、惚れた男の悩みは」

「そりゃねえ……でも、やめとく。いまヤッさんが一番いやなことは、あたしにとっても一番いやなことにちがいないもの。はい、パンツも脱いで。すぐおふろ沸かすからね、おふとんに入ってて」

服をハンガーにかけると、マリは濡れた下着を抱えてバス・ルームに消えた。鼻唄が聴こえてきた。

ベッドに潜りこんで煙草をつける。

「だいじょうぶよォ、ヤッさん。あたしと付き合った男は、みんなよくなるんだから」

鼻唄の合い間に、マリは声を弾ませた。

それはマリの口癖だが、たしかに本当かもしれないと安男は思った。この女は安息を与えてくれる。

愛しているわけではない。だがこうして一緒に暮らすのは、経済的な理由ばかりではなかった。マリは傷ついた男の心を、真綿でくるむように癒《いや》してくれる。

「そいつら、どこ行っちまったんだ」

「そいつら、って？」

「よくなった男たちだよ」

「そりゃあ、ヤッさん。みんなもともといい男なんだから、いい女のところへ行くわよ」

マリはまた猿のように、けたたましく笑った。顔は笑っているのだろうか。

「ずいぶんさっぱりしたもんだな」

「そういう男って多いから、逃げられたらじきにスペアを探せばいい。女は便利なのよ、新しい男ができればとたんに忘れられる」

「へえ……そんなものかね」

「銀座はだめね。社用族が多いでしょう。一流会社に行って、経費で飲んでる男なんて、何だかんだ言っても傷ついていないもの。ものすごく贅沢なのよ、あいつら。その点、新宿のキャバレーなら」

ストッキングを脱ぎながら、マリは座敷に戻ってきた。脚は肥えた体と不釣合に細い。

「そういう男には不自由しないわ。くすぶってるいい男ね」

ドレスを脱ぎ捨ててベッドのかたわらに膝をつき、マリは安男の顔を覗きこんだ。

ときどきふと、この女がいったい馬鹿なのか利口なのかわからなくなることがある。無教養なわりには話術が巧みなのだろう。どれほどきつい冗談を言っても、気に障るということがない。

「くすぶってるいい男、か」

「そうよ。こういうの」

まるで小鳥を撫でるように、マリは安男の頰に指先を当てた。

「男はみんな見栄を張るだろう。どうやってその、くすぶってるいい男っていうのを判別するんだ」

「教えて欲しい？」

「ああ。もっとも俺は最初から見栄も何もなかったけどな」

「そうね、ヤッさんは例外。愛の告白をされたようなものだったわ。俺はくすぶってます、って——あのね、あたしごのみのくすぶり男を探すのは簡単。なりを見ればわかる」

「なり、って？」

酒臭い息を耳元に吐きかけながら、マリはカーテンレールに吊るした安男の背広を指さした。

「よれよれのアルマーニやバーバリーを着てる」

安男はひやりとした。やはりこの女は頭がいい。

男が落ちぶれて行く過程を知っているのだろうか。まず金がなくなる。有価証券や不動産が消えて行く。女に逃げられる。家庭が崩壊する。いよいよ目先の金に困ると、身につけている金目の物は消えて行くが、背広は残る。

「なるほど。よれよれのアルマーニか──しかし何だな、男の好みもいろいろあるけど、くすぶった男が好きだっていうのは珍しい。どこがいいんだ」

「哀愁」

と、マリは用意していたように答えた。もしかしたらこの女は、かつての男たちともそっくり同じ会話を交していたのかもしれないと安男は思った。わずかに嫉妬を感じた。

「俺、哀愁なんてあるか？」

「それが、あるんだなあ。ヤッさんの哀愁はピカイチよ」

「ピカイチの哀愁ねえ……それ、ほめてるのかな」

「だってさ、あたし、昔のヤッさんを知ってるでしょう。運転手つきのベンツに乗って、毎晩銀座で飲んでたころの。くすぶりにもいろいろレベルのちがいはあるけど、ヤッさんぐらいの急転直下は、まずいない。もう、すてき。たまんない」

言いながらマリは、安男のうなじを強い力で抱きすくめた。

「ということはつまり、俺はかなりハイレベルのくすぶりで、それに比例して哀愁も――」

「そういうことです。はっきり言ってヤッさんの場合、哀愁のかたまりよ。こう、人生を背負ってるって感じがする。とり返しようもない過去の栄光をひきずってる。いいですよォ、そういうの。たまんないですよォ」

変わった女だと、安男は今さらのように思った。

しかし翻って考えてみれば、男にとっても翳《かげ》のある女の魅力はわからぬでもない。唇を重ねる。マリの舌が、欠けた前歯の根を愛おしげに行き来する。

「ところで――」

と、安男は唇を躱《かわ》して言った。

「おふくろが死ぬかもしれない」

頬を合わせたまま、二人はしばらくの間じっと雨の音を聴いた。

「そういえば、入院してるって――、行ってきたの？」

「ああ。スパゲティみたいになって、ベッドに寝ていた。心臓が悪いんだ」

マリは耳元で大きく息をついた。たしかな鼓動が頬を伝ってきた。

「ごめんね、ヤッさん」

「何が？」

「あたし、誤解してた。ヤッさんはきょうちがうところへ行って、それでいやなことがあって、荒れたんだと思ってた」

「ちがうところ、とは」

「奥さんか子供か——おかあさんのお見舞いに行くとか言ってね、きっと元の家族と会って食事でもするんだろうって」

「でも、金をくれたじゃないか。お見舞いだとか言って」

「そりゃあ、ヤッさん——」

と、マリは顔を離して、安男の目を覗きこんだ。

「食事代ぐらいは出して欲しいからよ。いくらくすぶり男が好きだからって、別れた女房にご飯を食べさせてもらいたくはないわ」

なるほど言われてみれば、三万円の金は見舞金としては多過ぎるが、家族四人の食事代としては妥当だろう。

いい女だと安男は思った。

「それで、具合悪いの？　おかあさん」

「ああ。兄貴たちがほっぽらかしで、見舞いにも行ってなかった。医者に叱られたよ」

思わず英子のことが口に出そうになって、安男はあやうく言葉を呑みこんだ。

「心臓の血管がボロボロなんだそうだ。このまま行けばどっちにしろ助からないから、手術をするかどうか。いや、できるかどうかを検討中らしい」

「ふうん」と、マリは起き上がった。肥えた背に食いこんだブラジャーをはずす。白い肌に、痛ましいほどの下着の痕が残った。

「踏んだり蹴ったりねえ、ヤッさん」

「これも哀愁のうちか」

マリは答えずに、ぼんやりと雨の沫く窓を見つめた。

「何年になるかなあ、ヤッさんのくすぶり」

「不渡りとばしてから、丸二年だな」

「うまくすれば、そろそろよね」

「何が？」

「くすぶりがもういっぺん目を持つのはね、早けりゃ二年、遅くても三年」

有難いことを言ってくれるものだ。だが、そんな兆候はかけらもない。もういちど目を持つことなどありはしないだろうと思う。

「無理だよ、俺は」

「でもね、ヤッさん。昔の男はみんなそうだったよ。早けりゃ二年、遅くても三年」

二年か三年で、男たちはこの女を捨てたということなのだろうか。

「それとおふくろの病気が何か関係あるのかな」

「ある。大あり。あたしの勘にまちがいがなければ。いえ、勘じゃないわね。あたしの経験則によれば——」

マリは立ち上がって、小さな部屋中の空気を吸いつくすほどの伸びをした。

「あたしの経験によれば、目を持つときには必ず事件が起こる。それまではどっぷりと沈んでいたのに、立ち上がらなくちゃならないような事件が起こるのよ。それをきっかけにして、人生が変わるの。ねえ、ヤッさん——」

と、マリは肥えた体を振り向けた。表情は真剣だった。

「おかあさん、死なせちゃだめよ。あたし、応援するからね。これ、勝負どころよ、きっと。たぶんヤッさんの人生も懸かってる。いえ、まちがいないわ」

安男はベッドから身を起こして、マリを仰ぎ見た。

男たちはこの女に救われたのだろうか。ならばどうして、この女を捨てたのだろう。雨音が浮世の雑音を奪っていた。大都会の夜の片隅に転がった小さな蛹《さなぎ》の中に、二年の間そっと囲われていたような気がする。

「俺、もしもういっぺん目を持ったって、ここから出て行ったりしないよ」

マリは低い天井を見上げて、にっこりと笑った。

「信じていいの、ヤッさん」

「ああ。約束する。俺はそれほど薄情者じゃない」

「ありがとう」

安男の顔に目を戻して、マリは笑いながら泣いた。

母の命が救えれば、自分ももういちど蝶になって大空を飛べるのだろうか。

「おふろ、一緒に入ろうよ」

マリは人間ばなれのした柔らかい掌を、そう言って安男に差し出した。

5

四人兄弟がいっぺんに顔を合わせたのは何年ぶりのことだろう。

いや、考えても思い当たらない。もしかしたら長兄が石神井のアパートを出て以来、初めてではないだろうかと安男は思った。

「なにとぼけたこと言ってるのよ。ヤッちゃんが会社つぶす前に、家族会議を開いたじゃないの。石神井で」

汗ではがれた化粧を直しながら、姉が言った。コンパクトの鏡を覗きこむ目元に皺が増えた。

「誰だって自分に都合の悪いことは忘れるものさ」

母の胸部レントゲン写真を窓の光に透かし見ながら次兄が言った。不穏な溜息をひとつ。

「どうだ、秀男。だいぶ悪いのか」

長兄が窓辺に立ったまま振り返った。

「きびしいね」

ぽつりと次兄は答えた。医者がよく使う言い回しだ。かなり悪い、というほどの意味なのだろう。

「きびしいって、どうきびしいのよ秀ちゃん。命にかかわるの？」

四人の兄弟が三々五々集まってきたカンファレンス・ルームには、南向きの窓から夏の陽が容赦なく照りつける。

「そりゃあ、ねえさん。心臓病なんだから命はかかるよ」

「だから、どのくらい命がかかるの？」

姉の表情は言うほど深刻ではない。ようやくコンパクトを閉じると、姉はスチール椅子の上でいちど背を伸ばした。時おり思いついたように姿勢を正すしぐさは、兄弟に共通の癖で、その一瞬だけ誰もが母に似る。

長兄も窓辺を離れて、コの字形に組まれた長机の端の席に座った。「遅いな」と、紺色の夏背広の袖をからげて腕時計を見る。いかにもエリート商社マンの風貌だ。

「回診に手間どっているんだよ。さっきちらっと見たけど、さすがにすごいね、春名一郎教授の御回診ともなると」

「大名行列だったな、まるで。春名教授って、そんなに偉いのか」

「世界的権威だよ。この大学病院の金看板」

と、次兄は声をひそめて兄弟たちを見渡した。

「そうか、有難いものだな。そんな偉い先生に診てもらえて、おふくろは幸せだ」

「やっぱり身内に医者がいるっていうのは、強いわね」

次兄は兄と姉に向かって、意味ありげに肯いた。

春名教授と次兄とが縁もゆかりもないことは、おとついの電話からもわかる。いかにも自分の手柄のようにふるまう次兄を、安男は今さらながらいやなやつだと思った。

「それで、どうなの」

と、安男は訊ねた。視線が次兄の手元に集まる。

「これは造影検査のレントゲン写真なんだけどね。足のこのあたりからカテーテルを入れて、造影剤を血管に注入するんだ。するとこんなふうに、心臓の周囲の血管が浮き上がって見える」

「バリウムを飲むみたいなものか」

と、長兄が席をめぐって、次兄の肩ごしに覗きこんだ。

「まあ、似たようなものだね。ただしそれほど簡単な検査じゃないよ。ところで——誰が同意書を書いたの」

兄弟は顔を見合わせた。手術と同様に家族の同意書が必要なくらいの検査なのだろう。兄も姉も身に覚えはないらしい。思い当たって、安男は答えた。

「たぶん、英子が書いたと思う。俺は知らないからね、ほかに考えられないだろう」

薄情な兄たちをなじったつもりだったが、とたんに姉が声を荒げた。

「ばっかじゃないの、ヤッちゃん。あんた、別れた女房にそんなこと頼んだの」

「俺は頼んじゃいないよ。英子だけがおふくろの見舞いに来てたんだ。誰も来ないから、あいつがかわりに書いたんだよ、きっと」

「だったら英子さん、それならそうと電話の一本でもくれりゃいいのに。籍の抜けた女が、何で検査の同意書なんか書くのよ。城所英子、ってサインしたのかしら」

「今さら電話なんかできっこないよ。ねえさんのところにだって、病院から連絡があったんじゃないのか。みんながシカトしているから、英子がサインしたんだよ。城所英子って、書くしかないだろう」

姉は不快をあらわにした。ホワイト・ボードを背にして、三人は向かい合った安男を睨みつけている。どの目付きも、おまえには口をきく資格はないのだと言ってでもいるようだ。

「それにしたって、でしゃばりすぎよね。そうでしょ、おにいさん」

と、姉は長兄に返事を強いた。

「まあ……でしゃばりは言いすぎにしても、お節介だな」

ある日突然、何の相談もなく他人になった英子を、兄たちが快く思っていないのは無理もない。だが仮に連絡を入れたところで、この非人情な兄たちが英子の力になることはなかったろう。

安男には言い返す気力がなかった。

「それで、どうなの秀ちゃん」

と姉は次兄の手にしたレントゲン写真を覗きこんだ。

「うん。結局は、糖尿病の結果がこうなった。ほら、ここと、ここと、このあたり。血管が狭くなっているだろう」

肯きながら姉が目を上げた。

「ヤッちゃん、あんた見なくていいの」

「見たよ。主治医から説明もきいた」

「あ、そうなんだ」

と、姉はおのれの不実をはぐらかすように目を戻した。

次兄はフィルムを掲げて続ける。

「糖尿病っていうのは、いろいろな合併症を起こすんだけどね、動脈硬化もそのひとつ。コレステロールが血管にたまって、下肢の壊疽《えそ》や脳梗塞や、心筋梗塞をひき起こす。おふくろの場合は、まだ梗塞になったわけじゃないが、いつそうなってもおかしくない狭心症だね」

ドアがノックされた。看護婦が顔を出して「みなさん、お揃いですか」と言うと、いきなり白衣を着た医師団が部屋に入ってきた。

兄弟はとっさに立ち上がった。藤本医師が「やあ、どうも」と、安男に微笑みかけた。

「日赤の城所先生は、どちら？」

はい、と次兄が軽く手を挙げた。緊張しきった顔を、窓ぎわの上座に座った白髪の教授に向ける。

「ああ、どうぞお掛け下さい。春名です」

教授の隣りに主治医の藤本と、循環器科の医長らしい医師が座る。そのほかの若い医師たちはそれぞれノートを開いたまま、壁まわりに立った。

「君、出身大学はどちら？」

と、春名教授は掌を机の上に組んで、次兄に訊ねた。君、という呼び方が少しも不自然ではない。医学という世界は、そういうものなのだろうか。

兄は少し恥じるように、地方医大の名を口にした。

「あ、そう」

べつに馬鹿にしたわけではあるまいが、安男にはそんなふうに聞こえた。それから兄と教授は、二言三言、共通の知人の話題を交した。きっと医者同士の挨拶のようなものなのだろう。

総婦長、というやつだろうか、三本の黒線が入ったナース・キャップの看護婦が、捧げ持つ感じでデータを運んできた。藤本医師が受け取り、封筒から書類を出して教授の前に並べる。

読む前に、春名教授はちらりと次兄の手元を見た。

「説明は、君がしたの?」

背筋を伸ばして兄はすっかり恐縮したように答えた。

「はい。わかる範囲で」

「一目瞭然だろう」

メガネを老眼鏡にかけ直して、教授はカルテを見、よそいきの声で言った。

「城所先生から説明があったと思いますけどねえ……あえて私の口から病状を言うほど複雑な話ではないのですよ」

安男の胸は高鳴った。複雑ではない、という教授の言い方は、すでに選ぶほどの手だてがないという意味にちがいなかった。

「冠状動脈に重大な狭窄が三カ所あります。血液の塊がそこにつかえれば、心筋梗塞が起こります。ですから今は、血管拡張剤の連続投与と、あと血液をサラサラにする薬ね、それで対処しているわけなのですが、内科的な治療はもう限界だと言ってよろしいと思います。しかし、私がこうして説明するということはつまり、外科的な手術――いわゆるバイパス手術というものが果たして可能かどうかと模索していたからで――」

教授は、暗に手術は難しいと言っている。言葉を切ってカルテを読みながら、教授は言い方を考えているふうだった。

「糖尿がありますからねえ。それに、心臓の機能そのものも低下しているし……ちょっとリスクが大きいと思いますが……」

重い沈黙のあとで、次兄がきっぱりと言った。

「手術は避けていただきたいと思います。内科的に治療を続けていただくことを希望します」

教授は老眼鏡をはずして息を抜いた。

「それは、医師としての意見かね。それともご家族として？」

「もちろん、家族としてです。専門外のことですので」

うん、と春名教授は声を出して肯いた。

「では、ご家族の総意ということで、よろしいかな。つまり、城所先生のおっしゃるところはこうです。リスクの大きい手術をするよりも、内科治療によって確実な延命をしようと。おかあさんはお齢ですしね、それのほうが理に適っているということですが」

安男ははっきりと思った。

これは責任回避だ。春名教授は難しい手術の執刀を避けようとしている。しかも手術を行うかどうかの判断を、次兄に委ねた。もちろん次兄が教授の暗黙の意思に逆らえるはずはない。他人の思惑で母の命が決定されようとしている。

「あの、先生――」

何とかしなければならないと思う気持ちばかりが逸《はや》って、声になった。

「何でしょうか」

教授のかわりに藤本医師が訊ねた。

「あの、難しいことはよくわからないんですけど、できれば――」

安男が口ごもったのは、藤本が意味ありげに目配せを送ったからだった。できれば手術をしてほしいと安男は言おうとした。その言葉を遮るように、藤本医師は片目をつむったのだ。

「……いえ。けっこうです」

教授は明らかに、ほっとした表情を見せた。

「では、ご家族の総意ということで、よろしいかな」

子供たちは答えなかった。ややあって、次兄が顔を上げ、「はい」と肯いた。

「儀式」は終わった。少くとも安男にはそう思えた。家族を残して、医師団はカンファレンス・ルームを出て行った。

まるで焼跡にたたずむような顔をして、兄たちも姉も呆然としている。教授の話は病状の説明でも方法の選択でもなく、死の宣告だった。ほんの五分で、母の命が決定されたようなものだった。

「つまり、切れないということね。何とかだましだまし生かしていくしか手はないって、そういうこと」

吐き棄てるように言ったなり、姉は口を被ってしまった。

「仕方ないよ、ねえさん。春名教授がそう決断したんだから」

ちがう、と安男は思った。これは「儀式」なのだ。そして医師である次兄も司祭のひとりとして儀式に加わった。

「そういうことだな。おふくろだって、あの齢で大手術をしたいなどとは思わんだろう」

長兄の物言いは冷たかった。

安男は夏の光が溢れる窓を見た。

わずかな希望は、藤本医師の意味ありげな目配せである。この場では口にできぬ方法があるのだと、藤本医師は言おうとしたにちがいない。

「行こうか。おふくろの顔を見て、帰りに飯でも食おう」

長兄が立ち上がると、姉も次兄も縛《いまし》めを解かれたように席を立った。しかし安男だけは、尻に根が生えてしまったように動けなかった。これで終わるはずはない。いや、やはり兄たちの表情がどことなく晴れがましく見えるのは気のせいだろうか。

どの顔も、ホッとしている。

「おい、行くぞ安男。今さら考えたって始まらん」

長兄は安男を急《せ》かしながら腕時計を見た。母親が死の宣告を受けたというのに、いったい何の予定があるのだろう。

「ヤッちゃん。気持ちはみんな同じなのよ。ご飯でも食べながら、あとのことを考えよう」

姉の表情は案外からりとしている。

あとのことって、何だ。葬式の段取りでもするつもりなのか――。

ドアを開けた次兄の胸を押し返すようにして、藤本医師が戻ってきた。

「どうもみなさん、お疲れさまでした」

言いながら藤本は、親しげに次兄の背中を叩いて部屋に歩みこんだ。

「ちょっと、よろしいですか。ほんの二、三分」

次兄は踏みこたえる感じで藤本医師を睨みつけた。いかにも俺はおまえより先輩なのだぞとでも言いたげな変わりようである。

「まだ何かあるの？」

「はい。治療の選択肢をもうひとつ」

「春名教授のご見解ははっきりしていたようだけど」

次兄は藤本医師の意見を明らかに忌避している。なぜ話を蒸し返すのだとでも言わんばかりに、兄は畳みかけた。

「オペなら同意できんよ。冠動脈形成術の権威がそうおっしゃったのだから、内科医のあなたがとやかく言うことはできないだろう」

「ごもっともです」

軽く頭を下げてから、藤本医師は兄弟たちに笑顔を向けた。

「たしかに教授は内科的な治療をお勧めしましたが、実はですね、ちょっと私と教授との間で内密に話し合っていたことがありまして。もちろんご家族のご意思は尊重いたしますが、ひとつの方法として提示しておいてくれないかと、春名教授が。ま、立ち話も何です。ほんの二、三分だけ、お聞き下さい」

藤本医師は廊下の様子を窺ってからドアを閉めた。

「ああ、べつに秘密の話というわけではありませんよ。ご心配なく」

「非公式というわけか」

と、次兄は椅子に腰を下ろして不愉快そうに言った。

「まあ、そんなところです。つまり早い話が——」

早い話、と言いながら藤本は言葉を切り、ゆっくりと家族の顔を眺めた。ここだけの話にしておいて下さいねと、その目は言っている。

「春名教授は切れないと決断なさいましたが、それはつまり、オペがまったく不可能という意味ではなく、教授のお力では無理、ということなのですが」

次兄は藤本の横顔を見ながら少し考えるふうをし、それから両手を頭のうしろに組んで苦笑した。

「春名教授の腕では無理？　——どういうことだね、それは。いちおう言っておくけれど、病状を改善してから外国に運ぶなんてことは、それこそ無理だよ」

「もちろん。はっきり申し上げますが、病状の劇的な改善は期待できません。少くとも内科的には」

「——で、どういうこと？」

「教授でも無理な手術を、成功させることのできるドクターがいます」

「やめてくれよ、先生」

と、次兄はメガネをはずして眉間を揉んだ。

「それは、この大学病院の責任回避じゃないのか。たしかに僕は日赤には長いよ。今は開業して外来に通っているけれど、医局でもそれなりの立場にはある。しかしだからと言ってだね、僕の母親の死に水を取るのがいやだというのは君、あんまりひどい話じゃないか。そこいらの外科医に執刀させて、やっぱり駄目でしたなんて、そりゃないよ」

「まあ、城所先生。そういう邪推はなさらず」

と、藤本医師は次兄の肩に手を置いた。兄の言葉は喧嘩《けんか》ごしだが、藤本の表情は穏やかだった。

「それならば、邪推させぬように説明してくれたまえ。きちんと。冠動脈形成術について、春名教授以上の執刀ができる外科医なんているわけはない。少くともこの日本国内にはね」

次兄は話しながら次第に声を荒げた。もし兄の言うことが邪推でなく本当であったとしたなら、まったく許しがたいと安男も思った。長兄も姉も顔色が変わっていた。

言葉を選ぼうとする藤本医師の手から、次兄は検査データを奪い取った。

「拝見するよ」

「どうぞ」

メガネの奥で、爬虫類のように冷たい目を輝かせ、次兄はすばやくページを繰った。

「こんなクランケに人工心肺をつないで胸部切開だなんて、殺すようなものだ。ちがうかね、ドクター。血糖値の管理だってできていない。腎機能の低下。第一、心臓が持たない。生体実験でもするつもりかよ」

「まあ、話は最後まで聞いて下さい。たしかに春名教授はバイパス術の権威です。教授が無理だと判断すれば、現代医学ではオペが不可能だというのは道理ですよ。しかし――だからこそ教授は非公式な提案をなさった」

「聞こうよ、兄貴」と、安男は言い返そうとする次兄の声を遮った。

「おふくろが助かるかもしれないんだから、ともかく聞くだけは聞いてみようよ」

たしかに次兄の疑問には説得力があった。しかし母は死の宣告を受けたのだ。たとえまやかしの光であろうと、目をつむってはならない。

藤本医師は安男に向かって微笑みかけ、次兄に向き直った。

「千葉のサン・マルコをご存じですか」

「チバのサン・マルコ？　――何だねそれは」

次兄は訝《いぶか》しげに眉をひそめた。

「千葉県の鴨浦町というところにある、サン・マルコ記念病院です」

「さあ……鴨浦というのは漁港じゃないのか」

「ええ、その鴨浦です。外房の。そこにサン・マルコ記念病院というカトリック系の病院がありましてね」

「知らんな。聞いたこともない」

藤本医師はべつに知らなくてもかまわない、というふうに肯いた。

「ちょっと変わった病院ですがね。何でもカトリックの世界的な慈善団体が出資して、日本にも欧米なみの設備を持った病院を作ろうと――」

「大きなお世話だ。バチカンの考えそうなことだな」

「はい。たしかに大きなお世話ですね。どうもカトリックというのは、他宗教国家をすべて後進国だと思いこんでいるふしがあります――で、数年前に突然、わが国の医学界とはほとんど系譜を持たず、交流もまったくないサン・マルコ記念病院が千葉の漁港に出現した」

「そいつは、いい。けっこうな話じゃないか」

と、次兄は声を上げて笑った。

「それで？」

「はい。そのサン・マルコ病院は心臓外科が看板なのです」

「ちょっと待てよ、藤本先生」

と、次兄は藤本のネーム・プレートを目で確認してから、初めて名前を呼んだ。表情はもとの訝しげな真顔に戻っている。声はいちだんと厳しかった。

「看板という言い方はあまりに露骨だが、まあ病院経営の上においてはわからんでもない。しかし、心臓外科を看板に掲げるとなると、少くとも大学病院なみの設備がなければならない」

「外房の鴨浦という町にだね、そんな大病院があるとは聞いたこともないよ」

「それが、あるんです」

「見たのか？」

藤本医師は目をそらした。

「いえ……いちど行ってみたいとは思っているのですが」

次兄はいきなり、データを机に叩き置いた。

「いいかげんにしたまえ。君は僕をローカル医大卒の耳鼻科の医者だと思ってなめているんじゃないのか。そりゃあ、君らのように華々しい経歴はないがね、冠動脈形成術がどんなものかということぐらいは知っている。兄弟たちの前で、あまり悲観的なことは言いたくないが――」

と、次兄は冠状動脈を造影したレントゲン写真を、藤本医師の目の前に掲げた。

「ここと、ここ。ここもだ。ボロボロじゃないか。この心臓に、どうやってバイパスをつける。三本いっぺんにつなぐとでもいうのか。そのうえ心臓の機能そのものが低下している。糖尿も腎機能も問題だ。春名教授はひとめ見て匙《さじ》を投げたんだろう。ちがうのかね。大学病院の権威が切れないクランケを、千葉の何とかいう漁村の、わけもわからん病院に押しつけて、オペをしろだと。君は人殺しか」

長兄が椅子から腰を浮かせて、穏やかな声をつくろった。

「おい秀男。おまえの言い分はもっとものような気がするけど、先生の話ももう少し聞いてみようじゃないか」

藤本医師は救われたように顔を上げた。次兄の剣幕に気圧《けお》されて、続く言葉を探しあぐねている。安男は見かねて声をかけた。

「ともかく、おふくろの命がかかっていることなんだから、思った通りを言って下さい。兄貴も黙って聞いてくれよ」

「わかったよ。どうぞ、ドクター」

と、次兄は掌を藤本医師に差し向けた。

「では、参考までに、ということでお聞き下さい――そのサン・マルコ記念病院は心臓外科手術に必要な最新の設備が整っているそうで、技術的にもきわめて優秀、おそらく日本一の実力を持った――」

「ふん、誰が信じるか。日本一はこの病院じゃないのかね」

姉が次兄をたしなめた。

「黙って聞きなさいよ、秀ちゃん」

藤本医師は続けた。

「そこに、曽我先生という腕の良いドクターがいらっしゃいます。何でも年間のバイパス手術の執刀は百五十例という」

次兄がぎょっと顔を上げた。

「百五十例？……何だね、それは」

「ですから、全国津々浦々、外国からも患者が来るそうで」

「あのね、ドクター。その曽我先生という人がどんな名医かは知らんよ。しかし、盆と正月ぐらいは休むだろう。丸一日がかりのオペを、どうやって年間に百五十例もこなすんだ」

「はあ、そのあたりは常識ではまったく考えられないのですが、ともかく事実だそうです」

「信じられんな。スーパーマンか。いったいどんな人なの？」

「それが、なにぶん病院そのものがわが国の医学界から孤立しているもので、何もわからないのです。長いことアメリカにおられた方だというくらいしか」

「曽我先生ねえ……知らんな。そんな名医なら噂ぐらいは耳にするだろうに」

次兄は窓ごしに夏の陽光を仰いだ。腕組みをし、首を傾げて考えるふうをする。

「なるほど。つまりこういうことか。春名教授はその曽我先生の実力を認めている。しかし心臓外科の第一人者としては、私には切れないがあるいは曽我先生なら、ということは口がさけても言えない」

「ご明察です」

「それで、非公式の提案ということになった。うん、わかりやすい。ありえぬ話ではないね」

「誤解していただきたくないのは、何も私たちが責任を回避しているのではないということです。教授はひとりの外科医として良識ある判断をなさった。私がそうしたクランケを託されるのは、内科医の宿命です。でも、私たちは同じ医師として、おかあさまの命を救うために最善の方法をとりたい。そう考えて下さい」

「紹介状は？」

次兄は窓の外を見つめたまま、初めて前向きの発言をした。

「もちろん、春名教授から。なにぶんサン・マルコの曽我先生は学会と無縁の方なのでお付き合いがあるというわけではありませんが、いちおうは同門ですから」

「同門？　――東大か」

「ええ。詳しいことは知りませんが、同じ教室の十年ばかり後輩にあたるそうです」

「ふうん」

と、兄は感慨ぶかげに肯いた。藤本医師の表情にも、それですべてを語りおえたという安堵のいろがあった。

「つまり、そういうことです」

「ふうん、なるほど。つまり、そういうことね」

二人の医師は一瞬横目をつかって肯き合い、それからまた顔をそむけてしまった。

空白のひとときのあとで、長兄が腕時計を見た。

「藁《わら》にもすがる思い、というやつか」

その一言をしおに、藤本医師はおしきせの挨拶をしてカンファレンス・ルームを出て行った。

6

「ヤーッちゃん――」

母の手に頭を撫でられ、安男はベッドから顔をもたげた。

安らかな横顔に見入っているうちに、いつの間にか母のかたわらに跪《ひざまず》いたまま、まどろんでしまったらしい。椅子に座り直すと、体重を支えていた膝が痛んだ。

「あ、寝ちまった」

「気持ちよさそうだったよ。疲れてるんだろ。仕事、大変なの？」

「ちっとも大変なもんか。昔に較べりゃ天国みたいなものさ」

「そうかい。そんならいい。何だってうまく行かないやね、金があるときゃ暇がない、暇があるときゃ金がない、って」

けだるそうに瞼を閉じた母に顔を寄せると、鼻腔にさしこまれた管から酸素の流れる音が聴こえた。

体じゅうにつながれたパイプの一本一本が母の生命をかろうじて保障しているのだと思うと、カンファレンス・ルームでの兄と医師との会話さえ夢だったような気がする。

「おまえ、寝言を言ってたよ」

「何て?」

「おかあちゃん、って」

「よせやい」

「おにいちゃんたちは?」

「良く寝てたから、また来るって。しばらくみんなで顔見てったよ」

「ああ、そうなの。気が付かなかった。もったいないことしちゃったねえ、せっかくみんなで会えたっていうのに」

本当は、そうではなかった。兄たちは母の寝顔をちらりと見ただけで、そそくさと帰ってしまった。ほんの二、三分のことだったと思う。

ヤッちゃん、ご飯でも食べて行こうよ、と姉に誘われたが、とてもそんな気分にはなれなかった。少しでも長く母のそばにいてやりたかったし、兄たちと食事をしながら、命について話したくはなかった。

任せるよ、と言うと、兄たちはまるで逃げ出すようにして病室を出て行ったのだった。

「あのね、おかあちゃん――」

言うべきかどうか、安男は迷った。兄たちに叱られるかもしれない。だが、藤本医師から聞かされるよりは、やはり今、耳に入れておくべきだろう。

「なあに？」

「今さっき、藤本先生とみんなとで話し合ったこと、聞いてくれるかな」

母はうっすらと目を開けて天井を見た。そして宣告を受けるように、潔く肯いた。

「もう、だめなんだろ？」

「そうじゃない」

「ありのままを、言っとくれよ。おかあちゃん、嘘はいやだよ。かえって怖いから」

安男は肩をすぼめて息をついた。この母の勇気と潔さを、どうして自分は持っていないのだろうと思う。

「千葉の鴨浦っていうところにね、いい病院があるんだって」

母は一瞬、きつく目を閉じた。

「それ、死ぬとこ？」

「ちがうって。そうじゃないって。田舎の病院なんだけど、そこに春名教授の弟弟子でね、ものすごく腕のいい先生がいるんだ」

聡明な母は、おそらく安男の言わんとするその先を正確に予見した。だから静かに頭いよ」

を振った。

「怖いよ、今さら。もういいって、みんなに伝えて。七十年も生きたんだから、もういいよ」

「よかない」

と、安男はようやく言った。

「もういい。もう、たくさん。おかあちゃん、おとうちゃんより四十年も長く生きたんだから」

見知らぬ父のことを口にされたとき、安男はたまらず涙をこぼした。母は四十年も働きづめに働いて、四人の子供らを育ててくれた。

「おかあちゃん――」

母はそっぽを向いてしまった。

「兄貴たちは何て言うか知らないけど、俺の言うこと、ちゃんと聞いてくれますか」

答えはなかった。ベッドの脇に並ぶ機械の微かなモーター音がうとましい。

「一生に一度のお願いです。その鴨浦というところに行って、手術して下さい」

「おまえの一生に一度は聞きあきた」

言いわけにはちがいないが、母の言葉は胸に刺さった。会社が左前になったとき、一生に一度とくり返しながら、母のなけなしの貯金を引きずり出した。

「そんなことしたら、死んじゃうよ。おかあちゃん、手術台の上でわけもわからずに死ぬのはいやだ」

「でも、こうしていたって先は知れてるんだ。そんなの、わかるだろ」

「ここでじっと待ってるほうがいいよ」

言い方が悪かったのだろうか。だが不器用な上にすっかり動顚《どうてん》している安男には、どう考えてもほかの言い回しは見つからなかった。

「第一、そんな聞いたこともない田舎の病院じゃ、おとうちゃんが迎えにこられない。やっぱりここでいいよ」

「頼むよ、おかあちゃん」

安男は点滴につながれた母の腕を握った。

「俺、どんなことでもするから。心臓をあげるわけにはいかないけど、血でも腎臓でも、おかあちゃんに返せるものはみんな返すから」

「だったら、お金返してよ」

「おかあちゃん――」

きつい冗談に、安男は声を絞って言い返した。

「頼むよ。あと十年でも、五年でもいい。俺が耳を揃えて金を返すまで、生きて下さい。この通り、お願いします」

しばらく窓の外を見つめてから、母はゆっくりと頭をめぐらした。眦《まなじり》には涙の跡があったが、口元は微笑んでいた。

「おにいちゃんたちは、きっと反対するよ」

「そんなことないよ。みんな、おかあちゃんには長生きしてほしいって思ってる」

いいや、と母は力なく、しかし妙に自信ありげに言った。

「おかあちゃんは、わかってる。そんなふうに思うのはヤッちゃんだけ。高男も優子も秀男も、とってても幸せだからね。だから、おかあちゃんのことは嫌いじゃないとは思うけど、おまえみたいには考えていない」

「どういうことだよ、それ」

「わからない？」

「わからねえよ、そんなの」

「おかあちゃんが死んじゃえば、子供のころの苦労をみんな忘れられるもの。人間って、案外そういうものだよ。けっして薄情なわけじゃないんだ。高男も優子も秀男も、ものすごく頑張った。頑張って出世した。あの子たちのまわりにはね、子供のころからずっと幸せだった人ばかりがいると思うの。だからね、だから、おかあちゃんのことはもう忘れていい。石神井のアパートで暮らしていたころのこととか、貧乏したこととか、新聞配達とか、頭さげて奨学金をもらったこととか、そんなことはみんな忘れればいいの」

「俺はいやだ。そんな非人情なこと」

「おまえだって、いいときは忘れていただろう？　ちがうかい」

そうかもしれない。いや、たしかにその通りだ。好景気にうかれ上がっていたころには、石神井の古アパートで昔のままの生活をしている母のことなど、すっかり忘れていた。まるで古傷のように、忘れようとした。

もうひとつ、いやなことに気がついた。

景気が急落して会社が潰れかけたとき、兄たちは自分を見捨てた。それはたぶん、ただかかわりを避けたわけではないのだろう。忘れかけていた貧乏と苦労を背負った自分から、兄たちは目をそむけたのだ。

「ヤッちゃん——」

安男はいっそうか細くなってしまった母の声に耳を近づけた。母の口からは透明な薬の匂いがした。

「一生に一度のお願い、もういっぺんだけ聞いてやってもいいよ」

ありがとうが声にならずに、安男はうんうんと肯いた。

「ひとつだけ、条件があるわ」

「なに？　何でも言ってくれ」

「おかあちゃん、たぶん死ぬだろうけど、息が上がるときはこうして手を握っていてくれるかい」

「わかった。約束する」

「救急車の中でも、病室でも、手術室でもだよ。向こうの先生にもお願いして、それだけはしてくれるのなら、おかあちゃん頑張ってみる」

「約束するよ」

「不渡りはいやだよ、もう」

安男は泣きながら笑った。

夏の陽が外来病棟の屋上に傾きかけている。そろそろ会社に戻らねばならぬ時刻だった。

「俺、行かなきゃ。藤本先生に挨拶して帰るよ」

「そこのお花、持って帰ってくれるかい。英子さんが飾ってってくれたんだけど、何だか見てると切なくて」

枕元に小さな籠に生けられた薔薇の花が、真赤に咲いていた。

去りかける安男の背中に向かって、母は思いがけぬことを言った。

「おにいちゃんたち、すぐに帰っちゃったんだね。見てるのもいやだったんだろう」

「――なんだ、起きてたのか」

「べつに、いいけどさ」

安男から顔をそむけ、母は点滴をつないだ手首だけを、ひらひらと振った。

藤本医師はナース・ステーションのデスクに向かって母のデータを読んでいた。

ガラスごしに見た顔は、常に増して神経質な臨床内科医のそれだった。安男は不安になった。母を説得はしたものの、藤本医師は鴨浦に行くという提案について、自信を持っているわけではないのだ。

安男に気付くと、藤本医師はあたりを気にしながら廊下に出てきた。

「さっきの話、本人に伝えました」

「ああ、そう――」

夕食のワゴンがエレベーターから上がってきた。ナース・ステーションの周辺はにわかに活気づいた。

「ちょっと、歩きましょうか」

藤本医師は安男の背中を押して、外来病棟へと続く廊下を歩き出した。

「で？」

「行ってもいいって。頑張ってみるそうです」

「ああ、そう――」

白衣のポケットに両手を入れて、藤本医師は急に歩度を緩めた。不穏な溜息をつく。

「あのねえ、城所さん。実は私、さきほどの説明ではずいぶん苦慮していたのですけど、わかりましたか？」

「と、申しますと？」

「つまり、鴨浦に行って手術を受けろという判断はそれなりに正しいとは思うのですけれど、私としてはねえ……」

「それ、どういうことですか」

今さら何を言い出すのだろう。外来病棟に続く渡り廊下の上で、二人は同時に立ち止まった。

藤本は中庭を見下ろすガラス窓に安男を誘った。朱《あか》い西陽が、メガネの分厚いレンズを不吉な色に染める。

「春名教授の判断はですね、あくまで外科医としての意見なのですよ。その点、私は内科医ですからね、少々見解はちがう」

「どうしてそのことを、さっき言ってくれなかったんですか」

藤本が誠実な医師であるということはわかる。だが、この捉えどころのない慎重さにはかえって腹が立った。

「さきほどは春名教授のご意思を代弁しただけです。私見を述べる場ではなかった」

「ちょっと、ちょっと待って下さいよ、先生。最善の方法というのは、ひとつじゃないんですか。それじゃまるで二重人格ですよ」

「医者なんて、そんなものですよ。ことに大学病院ではね、自分の考えを述べて教授の権威や病院のアイデンティティーを脅かしてはならないんです。だから、二重人格と言われても仕方ない」

　これがかつての不動産業界の話なら、即座に殴り倒しているだろうと安男は思った。

「ということは、藤本先生は手術に反対なのですか」

「はっきり言って、そうです。私は外科的なことはよくわかりませんし、鴨浦のサン・マルコ病院の実力も、曽我先生という人の技量もよくは知りません。しかし内科医の判断としてはですね、オペはまず無理だと思う」

「……まいったな。話がふりだしに戻っちまった」

「いえ、そうではない。とりあえずデータをサン・マルコに送ってみます。もちろんこちらでも、症状の改善には全力を尽くします。そのうえで、もういちど考えるべきでしょう。問題は――」

　と、藤本医師は通りすがった年配の医者に腰をかがめてやりすごしてから、話を続けた。

「問題は、サン・マルコ側では検査データの判定はともかくとして、クランケを受け入れるでしょう。春名教授の紹介した患者をむげに断わるわけにはいきませんからね。鴨浦に転院させて、もういちど必要な検査をし、切れるかどうかを決める。データを一瞥して無理だと思っても、そこまではやりますよ」

「それでノーと言われたら無駄足じゃないですか」

「そう。たぶんそういうことになるんじゃないかと私は思います。転院のリスクは大きいですよ。輸送のリスク、再検査のリスク。環境が変わるだけでも、心臓病の患者には大きな負担になります」

「まずいなそれは。おふくろ、あんな状態だし」

「一週間もすれば、多少の改善はできると思いますけどねえ……それにしても、鴨浦までは百六十キロもあるんですよ。途中までは高速道路があるけれど、あとは房総半島の山越えです。知ってますか、マザー牧場とか、養老渓谷とか、けっこうなドライブですよ」

「百六十キロ、ですか……どうやって運ぶんだろう」

「そりゃあ、時間的には、ヘリ輸送ですがね」

「ヘリ輸送！——あ、それだめです。おふくろ飛行機は乗ったことないし、速い乗物とか高い場所とか、まるでだめなんです。以前にうちの子供と後楽園のジェット・コースターに乗って発作おこしましたから」

「ああ、そうですか。それじゃやめたほうがいい。精神的なストレスは心臓病の大敵です。だとすると、やっぱり救急車か……」

「お願いします。人の生き死ににかかわることですから」

「それがですね、消防署は自治体のものですから、東京都から千葉県という患者輸送は原則としてはできないんです」

「うそ」

「いや、うそみたいですけど、本当ですよ。前に川崎の病院にいたことがあるんですけどね、多摩川のすぐそばの。川向こうの救急車って、まず来ないんです。遠くても都内の救急病院に行く。そういうシステムなんですね。ましてやここから千葉の外房まで百六十キロなんて――聞いたこともないし、やっぱり無理でしょう。いちおう問い合わせてみますけれど」

西陽が瞼を刺した。母の命がこぼれ落ちて行くような気がした。

「あとは、民間の救急サービスというやつ。そういう会社があるんですね。ただし数が少いし、費用はかかりますけど」

「金のことなら――」

と言いかけて、安男は口を噤《つぐ》んだ。それは二年前のセリフだ。少くとも多額の費用を自分が出すことはできない。むろん兄たちがそれくらいはしてくれるとは思うが。

「どのくらい、かかりますか」

言い直してから、安男は今さら自分の貧乏が情けなくなった。

「そう、十万以上はかかるかな。ナース・ステーションにパンフレットがありますから、のちほど」

渡り廊下のスピーカーが藤本医師の名を呼んだ。

「ああ、行かなくちゃ。何だか話が中途半端になってしまいましたね。さて、どうしましょうか」

安男の肚は決まっていた。この病院にいても、母は早晩死んでしまう。そして、この優柔不断な、しかも誠実な内科医に母の死に水を取らせたくはなかった。

姿勢を正して安男は言った。

「鴨浦に行きます」

「そう」と、藤本医師は夕陽にメガネを向けて溜息をついた。

「ご家族は?」

「私が説得します。どう言うかはわかりませんけど、ともかくそうします」

「遠いですよ、鴨浦は」

「お願いします。先生のお力で、できるだけ良くしてやって下さい。百六十キロ分の心臓だけ、何とかお願いします」

ひどい言い方だと思った。言ってしまってから、安男は頭を下げたまま洟水《はなみず》をおさえた。

藤本医師はしばらく黙りこくってから、安男の肩に手を置き、耳元で囁いた。

「百六十キロ分の心臓ですね。かしこまりました」

「ありがとう……ありがとうございます」

「あの、城所さん。実はね――」

と、藤本医師はひそみ声をふいに詰まらせた。

「実は、僕ね、先月おふくろを殺しちゃったんです。やっぱり同じ狭心症で、切ろうか切るまいか迷っているうちに、強い梗塞をやっちゃいまして。僕、内科医だから、外科が信じきれなくて、自分の力で何とかしようとあれこれ迷っているうちに」

藤本先生、と廊下の先で看護婦が呼んだ。

この医者はどんな気持ちで母の治療をしてくれているのだろうと安男は思った。そして、どんな気持ちで春名教授の診断を聞き、意見を述べ、結論を自分や兄たちに伝えたのだろう。

「僕は、内科医だからね。気がちっちゃいから、外科医にはなれなかったんです。でも、百マイル分の心臓は、ちゃんと作りますよ。内科医だから」

「百マイル？……」

「そう。百六十キロメートルは百マイル」

じゃあ、と手を挙げて、藤本医師は去って行った。

百マイルという数字が、安男を奮い立たせた。それは百六十キロよりも遥かに短いような気がした。

天国までの百マイル。

その間ずっと、おかあちゃんの手を握っていればいい。

7

「それにしたってヤッさん。おにいさんたち、ちょっとふつうじゃないよ」

マリは真赤な髪を解き落としながら、鏡の中で頬を膨らませた。時刻はまだ夜中の一時前で、酒もそうは入っていない。一晩じゅう男のことを気にかけていたのだろうか。

一日の出来事をありていに話すと、マリは化粧を落としながらやり場のない怒りをあらわにした。

「保身、というやつさ」

「ホシン、って？」

「自分の身を守ること。一流商社の部長と、開業医と、銀行の支店長夫人。立場を守らなくちゃならないのさ」

「だったら、ヤッさんの立場はどうなるの。金なら出すからみんなおまえがやれって、ひどいよ、そんなの。第一、面倒がるほどの手間はかからないでしょうに」

「いや、なにしろ命のかかっている話だからな。俺はもともと立場なんてないから、社長にわけを話せば休みはとれる」

それにしても、兄たちはなぜ口を揃えて同じことを言ったのだろう。おそらく病院の帰りがてらに食事をして、同盟を結んだにちがいない。電話の受け答えはみな同じだった。

金銭的なことはこっちでやるから、すまないがおまえが付いていてやってくれ。むろん仕事は休まなけりゃならんのだろうから、おまえが必要な分もな、遠慮なく言ってくれよ。見舞いぐらいは行くけど、なにしろ忙しいからな。女房も子供の学校だなんだで、とても手が放せないんだ。民間の救急サービス？　――ああ、それを使えばいい。十万ぐらいケチケチするな。おふくろの命がかかってるんだから。

と――二人の兄はそっくり同じことを言った。女言葉に変換すれば、そのまま姉の声になる。

兄たちに関する母の洞察は当たっているかもしれない。

「イヤね、お金持ちって」

マリはスツールの上でコマのようにくるりと向き直った。髪を上げるとまんまるの顔がいっそう誇張されて風船のようだが、おろせばおろしたで顔全体が大きく見え、すこぶる異様である。

「貧乏もいやだけどな」

「そんなひとでなしになるくらいなら、貧乏のほうがよっぽどましだわ」

缶ビールを飲みながら、安男はベッドとテーブルとのすきまに挟まって煙草を吹かした。窓枠に嵌《は》めこんだ旧式のルーム・クーラーが不機嫌な唸り声をたてている。

「ねえ、ヤッさん。あんたみんなにそんなこと言われて、よく平気でいられるわね」

何と居心地のいい部屋だろうと、安男は低い天井を見上げて考えた。

たぶん、六畳一間のアパートで育ったせいなのだろう。建坪だけで五十坪以上もあった世田谷の豪邸では、こんな安息はいちども味わえなかった。まるでおふくろの腹の中にいるような安心感が、この古マンションの部屋にはある。

「ねえ、ヤッさん」

マリは安男の手から缶を奪って、苛立たしげに肩を揺すった。ついでに、咽を鳴らしてビールを流しこむ。

「ふァー、うまい。いえ、そんなことじゃないわ。ねえ、ヤッさん、それでどうするつもり？　まさかお説ごもっともで、おにいさんたちの言うなりになるわけじゃないでしようね。イヤよ、そんなの」

「おまえがイヤだのどうのと言うことじゃないだろう」

「イヤ。ぜったいに、イヤ。あたし、ヤッさんに苦労させたくないもの」

「苦労じゃないさ。おふくろの面倒を見ることが苦労なものか」

「でも、ただの面倒じゃないわ。よく考えてよ。あんた、おかあさんの生き死ににひとりで立ち会うのよ」

マリの言うことはいちいち正論だった。どうしてこの女は、物事をこんなにもまっすぐに考えることができるのだろうと思う。

マリの顔を正視できずに、安男は夜の窓を見た。

古アパートの廂間《ひあわい》に、新都心の摩天楼がすっぽりと嵌まっている。兄たちに電話をしたあと、ぼんやりとその風景を眺めながら決心したことを、マリにだけは伝えておこうと安男は思った。

「なあ、マリちゃん。俺、決めたことがあるんだ。さっきからずっとここで考え続けて、これしかないって思った」

「なあに？」

「俺、誰の手も借りない。俺ひとりでおふくろの体を治す」

マリは怖ろしい話を聞くように、髪の根に両手の指を入れて俯《うつむ》いた。

「どういうこと？」

「おやじは俺が生まれてすぐに死んじまったんだ。出張先だったたから、俺の顔も見ていない。おふくろは、俺をひとりで産んで、ひとりで育ててくれた。だから俺も、ひとりでおふくろを何とかする。俺だって何とかなったんだから、おふくろも何とかなる」

「大変だよ、ヤッさん。そんなの……」

マリは白い両手の指を瞼に添えて、子供のように泣き始めた。

「悪いけど、こうしてしゃべっちまったからには、おまえの手も借りるわけにはいかない。ぜんぶひとりでやる」

「大変だよ、そんなの……」

「大丈夫だって。何とかなる」

「ひどいよ、そんなの……だってさ、だってさ、おにいさんたちはみんなお金持ちで、ヤッさんは働いたお給料までぜんぶ奥さんと子供たちに取られちゃってさ、一文なしなのに……何で一番力のないヤッさんが、そんなことしなくちゃならないの」

「泣くなよ」

「だってさ……だってさ……ひどいよ、そんなの……」

心に決めたことはすべて話してしまおうと安男は思った。自分は見栄っ張りだから、はっきりと口にしてしゃべってしまえば、きっと力は出る。

「だから、民間の救急サービスも頼まない」

「え？　……お金なら、あるよ。そのくらいなら」

「いや。自分で車を運転して、おふくろを鴨浦まで連れて行く」

「無理だよ、そんなの……第一、ヤッさん免許がないじゃないの」

「書き換えるのを忘れて失効しただけさ。途中で捕まったら、パトカーに送ってもらう。願ったり叶ったりだ」

「車は？」

「社長に言って、会社のワゴン車を貸してもらう」

「病院代とか、きっとお金たくさんかかるよ。大手術するんだから、何百万も」

「向こうで相談してみる。まさか金がなけりゃだめだとは言わないだろう。そんな病院なら、どうせおふくろを治せるはずはないし」

マリはひとしきり膝を抱えて泣いてから、ふいにからりとした顔で立ち上がった。床を踏み鳴らしてキッチンに入り、冷蔵庫から冷えた缶ビールを二つ持って戻ってきた。ガラスのテーブルの上に缶を叩きつけるように置くと、マリは打って変わった晴れがましい声で言った。

「よし、ヤッさん、よくぞ言ったわ。惚れ直したわよ。やっぱりあたしの目に狂いはなかった。あんた、男だわ」

派手に缶を引き開けると、泡が溢れ出すのもかまわず、安男の胸に押しつける。

「さあ、飲もう。城所安男、四十歳。ここが浮くか沈むかの勝負どころよ」

「どっちに賭ける」

「そりゃあ、決まってるじゃない。沈むほうよ」

「うん。世界じゅうがそっちに賭けるだろうな」

「でも、あたしが賭ける理由はちがう。ヤッさんが浮いたら、どこかへ行っちゃうからね。惚れてるから、沈むほうに賭ける」

「どこにも行きゃしないよ」

マリはビールを呷《あお》ってから、けたたましく笑った。

「男はみんなそう言ったわ」


その夜、安男はマリを抱いた。

マリの体は、性的な魅力には徹底的に欠けているが、身勝手な男の欲望をことごとく受け止めてくれる。ひたすら男に仕え、主客がかわれば身も心もとろけるほど抱きしめてくれる。これほど愛情のありかを感じさせる女の体を、安男はかつて知らなかった。

マリを抱くたびに、自分は愛されているのだと思うことができた。マリは孤独を癒してくれた。

穏やかなときには穏やかなように、荒れているときは荒れるにまかせて、マリは安男の心と体を、豊満な肉体のふところ深くに抱き止めた。マリに抱かれるとき、自分は小鳥か舟で、マリは空か海のようだといつも思う。

だから安男は、嵐が過ぎたあと、決まってマリの体を抱いたまま眠りに落ちた。行為そのものよりも、よるべない心と体がしっかりと抱きしめられているその安息が好きだった。

「きれいなお花。気がつかなかった……」

「おふくろが、持って帰ってくれって。会社に置いてくるのも何だし、ずっとぶら下げて歩いてた」

「しおれかけてるよ」

「捨てるわけにはいかないんだ」

言ってしまってから、安男は息を詰めた。マリは怖ろしいぐらいに勘がいい。それほど惚れているのだ。

「やさしいのね」

マリは安男の腕の中で、肥えた体の空気を吐きつくすほどの溜息をついた。

「あなたじゃないわよ。お、く、さ、ん」

「ちがうよ。考えすぎだ」

「もう手遅れです。あたし、超能力者かなあ。一言でぜんぶわかっちゃった」

花籠は電話台の下にひっそりと置かれていた。眠らぬ街の灯を孕《はら》んで、赤い薔薇が夜光色に輝いている。

「ああ、見える、見える。そうかァ、なるほど……」

マリは闇の中に手かざしをして、超能力者のまねをした。

「何が見えるんだ？」

「きれいな人。ほっそりと痩せていて、背も高い」

「はずれ。痩せてはいるが、背はそれほど高くない」

「上品なソバージュ」

「それもちがう。髪は短いよ」

「車を運転して、お見舞いにきたの」

「ああ、それはたぶん当たってるな」

別れた妻子のことを、マリに語ったおぼえはない。独り暮らしの母をしばしば訪ねていたというぐらいは、言ったかもしれないが。たぶん、その話からの連想だろう。

「やさしい人ね、きっと。おにいさんたちが行かないから、お見舞いに行ってくれたんだわ」

「それは関係ないよ。おふくろとは仲がよかったから」

「でも、それって難しいことよ。お見舞いに行って何の話をするの？」

「世間話」

「まさか。ああ、そうね、子供の話をすればいいんだ。血を分けた孫なんだから」

マリは天井の闇に目を戻した。腹に置かれた男の手を、恥じるように押し返す。

「とてもかなわないわね」

「何が？」

「あなたの子供が二人いて、大きなマンションに住んで、車の運転をしてる。痩せてて、美人」

「すまない」

と、安男は素直に詫びた。

別れた妻が二人の子供を育て、三ＤＫのマンションに住み、車を乗り回すことができるのは、自分が要求通りの仕送りを続けているからだ。そしてその仕送りができるのは――マリに飯をくわせてもらい、小遣をめぐんでもらっているからなのだ。

しかしマリは、百も承知のそんな理不尽をおくびにも出さない。嫉妬もせず、詰問もしない。

「あ、そうだ」

と、マリは闇の中で花のように笑った。

「奥さんに手伝ってもらえばいいんだ。奥さんが車を運転して、ヤッさんが介抱していけばいいじゃないの。どう？」

「あのなあ、マリちゃん――」

「なに？」

「その、奥さんっていう言い方、やめてくれないか。もう夫婦じゃないんだから」

「でも、おかあさんのお見舞いに行ったのは、ヤッさんと奥さん――じゃなかった、えと、お名前は？」

「英子」

「お見舞いに行ったのはヤッさんと、その、英子さんだけで、おかあさんのことをちゃんと考えているのもその二人だけなんでしょう？　だったら夫婦だとか何とかじゃなくって、二人が力を合わせるのはちっとも不自然じゃないわ。それで、おかあさんの病気が治って――」

安男は唇でマリの声を奪った。

何の悪気もなく、嫌味でもなく、マリはその先を朗らかに言おうとした。

おかあさんの病気が治って、二人が仲直りできたらそれでいいじゃないの、と。

「いいかげんにしろよ」

マリのうなじをかき抱いて、安男は声を絞った。

「おまえ、よくそんなことが言えるな」

「どうして？　あたし、ヤッさんのこと大好きだからね。だから、ヤッさんが幸せになればいいって、いつも思ってる」

「あいつとよりを戻したって、俺は幸せになんかなれない」

「なれるよ。子供がいるもの。あたしと一緒にいたって、ヤッさんは幸せになんかなれない」

「けっこう幸せだよ」

「でも、それはほんのいっときのことでね、子供たちや、子供たちのおかあさんのことは忘れない。そういう生活って、幸せじゃないよ。元に戻れば、きっとあたしのことは忘れる」

この女は三十何年かの人生を、どうやって過ごしてきたのだろう。自分とともに暮らした二年の間、いったい何を考えていたのだろうと安男は思った。

「お花、しおれそうだよ」

「捨てよう」

起き上がりかけた安男の腕を、マリは強い力で引き戻した。

「まだしおれない」

マリの豊かな裸身が、闇の中に立ち上がった。

窓からさし入る街の灯が、幻灯のように白い肌を染める。陰影のない、雪のような体だった。

この女のことは何も知らない。

知りたいとも思わないのは、愛していないからだろう。

マリは花籠を胸に抱き取ると、安男を振り返ってにっこりと笑った。

「まだ大丈夫だよ、ほら」

「捨ててくれよ」

「だァめ。あたしが生き返らせてあげる」

マリはキッチンに入って行った。

水音を聴きながら、いつか寝物語に聞いた雪深い郷里の話を、安男は思い出した。ひとつ屋根の下で暮らしていた父も母も、自分とは血がつながっていなかったのだと

マリは言った。もとは母の連れ子で、その生母が早く死に、養父が後添をもらったのだ、と。まるで冗談のように笑いながら言ったので、安男も冗談のように聞き流した。

たぶん、冗談めかして笑いとばさなければ伝えようのない、真黒な記憶なのだろう。

そう思いつけば、マリの天性と思える明るさは、まして悲しい。

不幸という魔物の存在を、はなから否定してかからなければ、マリは生きられなかったのだと思う。だからマリの中には、嫉妬も懐疑も打算も、人間が個人的な幸福をかちとるための欲望は何もないのだ。

やさしさは、そうした生き方の代償なのだろうか。

「マリちゃん。いきなり妙なこと聞くけど、いいかな」

鋏を使いながら、マリの声が「いいわよ」と答えた。

「本当の名前を、教えてくれないか」

「なによォ、ヤッさん。あたしは、水島マリ」

「やめてくれ。誰がどう考えてもペンネームだ」

ワッハッハ、とマリは男のような笑い方をした。

「わかる？」

「あたりまえだ」

「じゃあ、ヤッさんにだけ教えておく。誰にも言ったことないけどね」

たぶん、誰も聞かなかったのだろう。自分が二年の間、知ろうとしなかったように。

「佐藤まりこ。まりこは平仮名よ」

名前を闇の中に思いうかべたとたん、胸が熱くなった。

「なんだ……やっぱりマリちゃんだけは変えられなかった。どうしても。おとうさんとおかあさんがつけてくれた名前だから」

「うん。マリちゃんじゃないか」

幼くて死別した実の父と母がそう呼んでくれた微かな記憶だけを抱いて、マリは生きている。

愛され与えられることはなく、ただひたすら愛し与え続けながら、マリは生きている。

「ヤッさん。幸せになってね。あたし、ヤッさんのこと大好きだから。好きです、好きです、好きです。ヤッさんの何から何まで。頭のてっぺんからつまさきまで、おめめもおはなも、おへそもおちんちんも、みんなみんな大好き。だーいすき」

呪文のように不器用な愛の言葉をつらねながら、その先は鼻唄になった。

やがてマリは、真赤に甦《よみがえ》った薔薇の花束を白く大きな胸前に抱いて、街の灯の遍照《へんじょう》の中に立った。

「うわ、どうしたんだ。まるで魔法だな」

マリはにっこりと笑う。

「どう？　――花瓶に氷を入れてね、冷たい霧を吹いて、茎を切って。ほら、ちゃんと生き返ったでしょう。大丈夫よ、ヤッさんもおかあさんも、だいじょうぶ」

マリを捨てていった男たちは、みな本当に甦ったのかもしれない。

安男はそう信じた。

8

八月三十一日は父の命日である。

城所安男にとってその日は、一年で一番憂鬱な、まことに特別な日だった。四年に一度の閏《うるう》月が、八月であってくれればよかったのにと、子供のころからその日がめぐってくるたびにいつも同じことを考えたものだ。

顔さえ知らぬ父親というだけでも重苦しいのに、当然この日は夏休みの最後の一日で、達成不可能な宿題を抱えて苦悶しなければならなかった。

奇《く》しくも、「城所商産」の倒産記念日でもある。二年前のこの日、うたかたの時代に一世を風靡した会社は、不渡り手形をとばしてあえなく鬼籍に入った。

今年の八月三十一日はとりわけ憂鬱である。まさか今さら父親の冥福を祈るわけでもなく、宿題に悩まされることも、手形に追われることもないが、どうしても別れた妻と会って頭を下げねばならなかった。

仕事帰りに、新宿で英子とおち合った。

夏の余熱に滾《たぎ》る街路の雑踏をかき分けて、英子はハンバーガーショップの二階に上がってきた。

ずいぶん苦労をさせてしまったが、社長夫人だったころの高雅な美貌は少しも損われていない。むしろ自由になった分だけ、美しさに磨きがかかったように思えるのは、気のせいだろうか。

「こんにちは、元気？」

「やあ、こんにちは。あんまり元気じゃないけど、まあ何とかやってるよ」

若者たちで溢れる店内を、英子はうっとうしそうに見渡した。

「店、移ろうか」

「ここでいいわ。そんなに時間ないし。子供たち明日から学校だもの。帰って宿題を手伝ってやらなきゃ」

英子は推し量るような目で安男を見つめた。生活費を渡すためにわざわざ会う必要はないのだから、切羽詰まった申し出はすでに予知しているのだろう。きつく結んだ口元と切れ長の目は、まるで「それは許さないわよ」とでも言っているようだ。

「おふくろの手術をしようと思うんだが」

英子の唇が痛みを感じたように歪んだ。

「それで？」

「……それで、ちょっとまとまった金が要る」

沈黙の中で、英子の胸の呟《つぶや》きが聞こえるような気がした。

（それとこれとは別でしょう。生活費はいただかなくちゃ、私、困るわ）

しかしじきに、安男の予測とはうらはらな言葉が返ってきた。

「そう。おにいさんたちは？」

「手術には反対している。どうしてもやるって言ったら、勝手にしろだと」

「勝手にって、それ、どういうこと？」

「露骨にそう言ったわけじゃないがね。金は出すから、ぜんぶおまえがやれって」

英子は怜悧な感じのする薄い瞼を閉じて、しばらく考えるふうをした。細巻きの煙草を取り出して、指先で顎《あご》を支えながら、またしばらく考えこむ。話のくちばしからたちまち意思の全体を理解する、英子は聡明な女だ。

「なるほどねえ……あなたらしいわ」

「わかるか？」

「わかるわよ。何年一緒に暮らしたと思ってるの」

煙草に火をつけてから、英子はかしこまった安男の表情に流し目を向けて、くすっと笑った。

「私も力は貸せない。とりあえず三十万は貸しておくわ」

「ありがとう。そっちは大丈夫なのか？」

「一カ月ぐらいは何とかするわよ。でも、これきりよ。来月に二カ月分よこせとは言わないから、なるべく早く帳尻を合わせて」

安男の希望はそれだけだった。三十万の金があれば当面の軍資金にはなる。

「本当に俺の考えていることがわかったのか」

「わかったわよ、しつこいわね」

と、英子は笑いながら煙を吐いた。

「こうなりゃビタ一文、おにいさんたちの世話にはならない。そういうことでしょう、ちがう？」

「その通り」

「ばかね、あなた。まあ、私はもはや他人だからとやかく言うつもりはないけど、それって大変な話よ」

「なあに、たいしたことじゃないさ」

虚勢を張ると、暗い怒りがこみ上げてきた。英子の言葉は図星である。馬鹿を承知で大変なことをしようとしているのも。

会社を潰したとき、兄たちが何の相談にも乗ってくれなかったことは事実である。ともに頭を下げて回った英子は、徹底してかかわり合いを避けようとした兄たちとその配偶者の冷ややかさを胸に刻んでいる。

「ともかく今回は、さすがにお金だけは出すってわけね」

「それだって、本意じゃないと思うよ。できれば出さずに済ませたいって、内心はみんな考えているさ」

「まさか」

「いや。烏山の兄貴が電話でチラッと言ってた」

次兄の金属的な、冷たい声音を思い出して安男は言い淀んだ。

「なんて?」

「——よく考えろよ、安男。オペっていうのは、成功したって失敗したって、同じ請求書が回ってくるんだぞ、だと」

「へえェ……ずいぶんねえ……もっとも秀男にいさんらしいって言えば、そうだけど」

「俺は、それが兄貴たちの本音だと思う。烏山はおしゃべりだから、口を滑らせただけさ」

「ねえ、あなた——」

英子はコーヒーの紙コップを唇に当てたまま、歌舞伎町に向かう若者の群を窓ごしに見下ろした。

「やっぱりあのときも、みんなで相談してたのかしら」

「あのときって？」

と、安男はそらとぼけた。そんな記憶はとうに忘れてしまったのだと、英子には思わせたかった。

「とぼけないでよ。あなたは忘れても、私は一生忘れない。お金を貸すとか貸さないとか、保証人になるとかならないとか、そんな問題じゃないわ。あの人たちは私とあなたに死ねと言った。一家心中しろと言ったも同然よ」

「もういいじゃないか、過ぎたことは。俺だって思い出せば胸くそ悪くなる」

「いいえ。あの人たちはまた同じことをしようとしている」

きっぱりと英子は言った。唇が慄えている。

そうかもしれない、と安男は思った。肉親の情がない分だけ、英子は客観的に兄たちを評価できるのだろう。

たしかに、兄たちは瀕死の母に向かって、「死ね」と言っている。言葉づかいだけは穏やかに、あるいはおのれのアリバイ工作をしながら、それぞれが母の耳元に屈みこんで、「死ね」と囁き続けている。あのときと同じだ。

「ごめんね。私、力を貸してあげたいけど、何もできない。もしそれをしたら、私自身が誰だかわからなくなる。自分でもわからなくなるから、何もできません」

英子は前髪を額にこぼしながら頭を下げた。気丈な女だ。安男が金策に走り回った最後の数年間は、営業の陣頭に立って会社を支えてくれた。別れるときも、あっさりと亭主に見切りをつけたわけではあるまい。そうと思わせて子供らを守るために、新しい巣にこもった。満身創痍の獣の妻であり続けるよりも、母親であり続ける道を選んだにちがいない。

「出ましょう。帰って子供たちの宿題を見てやらなくちゃ」

一流大学出身の才媛である英子のもとで成長することは、子供らの将来にとっても幸福にちがいないと安男は思った。

そうして少しずつ、体に流れる無知で無教養な男の血を、希釈していけばいい。

ハンバーガーショップを出ると、二人は人の流れに逆らって駅に向かった。英子の硬い肩が腕に触れるたびに、安男は身をかわした。盗み見る横顔は、造りもののように美しい。

「ねえ、ヤッちゃん――」

東口の交叉点で信号を待ちながら、英子は知り合ったころと同じ懐かしい呼び方をした。

「お金、もういいよ」

善意には聞こえなかった。これは永訣の言葉だと思ったとたん、信号が変わっても安男の足は動かなくなった。

「もういいって、いいわけないだろう。子供たちにだって、金がかかるのはこれからだ」

「だから、もういいよ。もう――」

声を詰まらせて、英子は咳《しわぶ》いた。

ただならぬ表情に、安男は思い当たった。邪推ではあるまいと思えば、体はいっそう動かなくなった。

傷ついた獣の運んでくる餌はもう要らない。健常な、たくましい牡が出現したのだと英子の汗ばんだ肌が言っていた。

饐《す》えた風が体の中を吹き抜けた。

「ちょっと、話そうか。聞かなきゃならない」

「ここでいいわ。詳しいことは話したくないし」

口にすれば英子は傷つくだろう。どうしてこんな気分のときに告白する気になったのだろうと、安男は英子の生真面目さを呪った。酒でも飲んで、冗談まじりに言ってくれれば楽だった。自分もマリの存在を口に出して、笑い合えたと思う。

知りたいことを選りすぐって、安男はひとつだけ訊ねた。

「結婚、できるのか」

信号がまた赤に変わった。家族に許された最後の三分間がやってきた。

「ヤッちゃん、やさしいね」

「何だよ、急に」

「そんなふうに訊かれるとは思わなかった」

「ちゃんと結婚して、幸せになれるのならそれでいいよ」

「子供たちは？」

ふいに瞼を被《おお》った双子の子供らのおもかげは、乳母車の中で眠るひとつがいの赤ん坊のころのそれだった。

「いいよ。幸せになれるのなら」

ようやく言ったとたんに、安男は撻ける膝を支えて身を屈めた。胸がつぶれてしまった。男の意地が体の奥でぐずぐずにこわれてしまって、絞りかすのような涙が瞼に滲んだ。

「暑いな、きょうは」

俯いたまま、安男は襟首から汗を拭《ぬぐ》うしぐさをした。背筋を無理に伸ばす。

「で、結婚できるの？」

英子は細い顎を振った。

「たぶん、できないと思うわ」

「どういうこと？」

「家庭が、あるから。でも私のことは愛してくれてる。子供たちにも不自由はさせないって言ってくれた」

「子供たちは知ってるのか」

「ときどき、うちにくるからね」

「話が見えないな。もっとも見たくもないけど」

「子供たちに男と女の部分は見せていないから、安心して。車でおうちの近くまで送って行って、ちょっと遅くなることはあるけど、家はあけてないわ」

「齢は？」

思わず言ってしまってから、いやなことを訊いたと思った。

「関係ないわよ、そんなこと」

「いや、経済力とか、気になるからな」

英子は辛いことを言うように小さく呟いた。

「あなたと同じです」

言い方を悔いるように、英子は唇を噛んだ。

「――若いね。大丈夫なのか」

「コンピュータのソフトを開発している会社の社長だから、景気はいいの。新聞広告を見て面接に行ったら、いろいろと事情を訊かれて、とてもいい人みたいだったし、私もついつい身の上話をしちゃって……」

「もういいよ、信号が変わる」

「それで、何度か会ううちに口説かれちゃった。愛してるって言われたら、もう何が何だかわからなくなって——」

「やめろって。もう行け」

「あなたのことも話したわ。そしたら、大変だからもうお金は断れって。その分は俺が保証するから、無理はさせるなって言ってくれた」

「大きなお世話だ。大変かどうか、どうしてわかるんだよ。三十万のお手当てで、妾になれって話じゃないか。ちがうのか」

「そんなふうには言ってないわ」

「女房子供を捨てておまえと一緒になるって言ったか」

首をすくめてしおたれる英子を、安男は横断歩道に向かって押し出した。

「ともかく今月だけ借金させてくれ。社長さんが金をくれたら、黙って貰っておけばいいさ。じゃあな」

英子は答えもせずに人ごみに流されて行った。

英子が流れて行く。白い小さな顔を雑踏に浮きつ沈みつさせながら、果てもなく流されて行く。

安男は背を向けて歩き出した。

9

その日、どういう道順で会社に戻ったのか、安男にはとんと記憶がない。

新宿通りを歩きづめに歩いて、たぶん御苑前か四谷三丁目で地下鉄に乗った。ずっと、壊れてしまった家のことばかり思い出していた。

景気に浮かれて散財はしたが、道楽で家庭を壊したわけではない。妻も子供らも、十分に愛していたと思う。いったいあの生活は夢だったのだろうかと、問屋街を会社に向かって歩きながら考えた。

そして、英子を手に入れた男のこと。

知的で思慮深い英子が、他の男に身を任せる姿は想像できなかった。二年間も別れて暮らしながら、そういう事態は想像したためしすらなかった。

なぜ嫉妬するのだと、安男は歩きながら自問した。とうに別れた夫婦なのだから、とやかく言う筋合いではない。嫉妬に見合うだけの愛情が今も残っているのかというと、むろんそれは怪しい。

結局、動物としての男の本能が、これほど自分を物狂おしくさせているのだろうと思った。たくましい牡が主のいない巣に乗りこんできて子らを養い、さらに母とまぐわって新たな子を産ませようとしている。自分にはその牡と格闘する能力がすでにないのだ。

会社の看板が見えたあたりで、最も身にこたえた言葉が甦った。

(子供たちに男と女の部分は見せていないから、安心して。車でおうちの近くまで送って行って、ちょっと遅くなることはあるけど、家はあけてないわ)

みじめなものだ。

ときどき子供らと不自然な夕餉《ゆうげ》の卓を囲み、時がくれば男を車に乗せて家の近くまで送って行く。その途中で、たぶんラブホテルに入るのだろう。

時間を気にしながら、そそくさとことを済ませ、本物の巣へと男を送り届ける。別れぎわに二人は口づけを交すのだろうか。

そんなことをくり返しながら、英子の体は男に耕されて行く。歓びの分だけ、確実に美しくなって行く。

会社の前に中西がぼんやりと立っていた。安男の姿を認めると、早足で歩み寄ってくる。

「遅いじゃないか。ポケベル、鳴らなかったのか」

「すぐそこで鳴ったから、歩いた方が早いと思って」

言いながら、すっと血の気が引いた。

「病院から、何か――」

「病院？　いや、そうじゃない。妙な客がおまえを訪ねてきてるんだけど」

「客、ですか」

ほっと胸を撫でおろしたのもつかのま、これも血の気の引く話である。自己破産に納得のいかぬ債権者が押しかけてきたのだろうか。

「銀行員だとよ。支店長がのこのこやってくるなんて、ふつうじゃないぞ。やばいんじゃないのか。城所さんならもうじき帰ってくるって、事務員が言っちまったものだから、追い返すわけにもいかなくなった」

図体に似合わず案外と気の小さい中西は、会社に戻りかけながら禿頭の汗を拭った。

「きょうは八月の晦日《みそか》だしなあ――大丈夫かよ。あんまり会社の中でごたごたしないでくれよな。俺の立場もあるし」

「迷惑はかけないよ。第一こっちは破産してるんだから今さらごたごたのしようもないさ」

「そりゃまあ、そうだけど。人の目もあるしなあ――ところで、病院って何だ。具合でも悪いのか」

「いや、俺は何でもないよ。おふくろが入院したんだ」

「へえ、おふくろさんが？」

「たいしたことじゃない。軽い心臓病だから。兄貴の嫁さんたちと姉貴とで面倒を見てるから、俺は気楽なもんだ。みちみちおふくろのことを考えてたから、ちょっとびっくりした」

店じまいを始めた店員たちが、安男に冷たい視線を向けた。ついに居所をつきとめられて借金取りがやってきたのだと、社内の噂になっているのだろう。

「ともかく、外で話してくれよな。頼むぞ」

階段を昇りながら、安男はこの場にまったく関係のないことを訊ねた。

「近いうちに車を貸してくれないかな。一台遊んでるだろう」

「え？——そりゃかまわないけど、おまえ免許を失効してるじゃないか」

「ちょっと荷物を運ぶだけ。運転はまさか忘れてやしないよ」

「何だか危ねえなあ。大丈夫かよ。何なら俺が運転してやろうか」

「いいよ。それと、もしかしたら一日じゃすまないかもしれないから、そのときは休暇をくれるかな」

詳しいことは聞かないでくれと、安男は暗に言ったつもりだった。中西は関り合いを避けているわけではない。頼まれればいやと言えない性格を知っているからこそ、その先の理由は話したくなかった。

「どうもお待たせしました」

と、中西が応接室のドアを開けた。

ずんぐりとした背広の後ろ姿をひとめ見たとたん、安男はどんな債権者が乗り込んできたよりも愕いた。

義兄の秋元だった。

「やあ、安男君。久しぶり」

わざわざ訪ねながら、自分との関係は深く説明しなかったのだろう。知り合いだ、とでも言ったのだろうか、そのあたりの警戒心がいかにもエリート銀行員の秋元らしい。

「優子から勤め先を聞いてね。ちょっと近くまできたもので、たまには安男君と一杯やろうかと思って。迷惑かな」

いったい何をしにきたのだろうと、安男はお愛想を返しながら訝しんだ。

秋元はいやなやつだ。会社を潰したときも、兄たちのように徹頭徹尾、安男を避けるならともかく、時おり思いついたように言い訳とも慰めともつかぬ電話を入れてきた。

「もう会社も終わりだから、ともかく出ましょう——社長、日報は明日でいいですね」

言うが早いか、安男は秋元の腕を捉《つか》んで廊下に引き出した。

「何だよ、秋元さん。俺の事情はみんなが知ってるんだから、ちゃんと説明してくれなきゃ困るじゃないか」

「……いや、すまん、すまん。姉のつれあいですとか名乗るのも、何だか気が引けて」

「どうして」

「どうしてって――考えてもみたまえ。いちおう身内の面倒を見てもらってるんだからね。それに、こういう景気だから、銀行員が義理にからむのはよくないんだ」

「この会社は大丈夫だよ。無借金の老舗《しにせ》だ」

「近くまできて電話したら、そろそろ帰ってくるっていうから待たせてもらった。迷惑だったかな」

「当たり前だよ。少しは俺の立場も考えてくれ」

いつの間にこんなに肥えたのだろう。支店長に昇格して、この男の顔はいっそう姑息になった。

秋元はタクシーを止めると、安男の意思も確かめずに「銀座」と言った。

「経費を落とせるようになったみたいだな、秋元さん」

年甲斐もないオーデコロンの匂いから顔をそむけて、安男は嫌味を言った。

「おかげさまで、多少はね。安男君にはよくごちそうしてもらったから、これからはときどき恩返しをさせてもらうよ」

「ちょっとは出世に役立ったのかよ」

「まあ、多少は」

自分の言い方にも刺《とげ》はあるが、秋元の答えも相応にきつかった。

この男には大きな貸しがある。景気のよかった時分、言いなりに預金を積み、不要な借金までしてやった。郊外の支店ではケタちがいの上客だったはずだ。

「まったくかなわないよなあ、秋元さんには。いい腕してるよ」

「そう言われると身も蓋もないね。たしかに君には実績をつけさせてもらったけれど、こっちだってその分リスクは大きかったんだよ」

「だからいい腕だって言ってるんじゃないか。あれだけの商いをして、結局は債権を残さなかったんだから」

「それは君も合意の上じゃないの。身内に迷惑をかけたくないから、あっちの銀行に寄せるって」

「手形帳も出して貰えなくなったら、メイン・バンクの意味がないもんな。だけど、はいそうですかはないんじゃないの。こっちは肩がわりを終えたとたんにパンクだもの。けっこうな芝居をして、秋元さんもたいした役者だなあと思ったよ、つくづく」

「ほめられてるのか、けなされてるのか……」

「どっちでもないさ。イヤミだよ、イヤミ」

「融手《ゆうて》先が飛べば、安男君のところも時間の問題。肩がわりしたほうが甘いんだ。調査不足だよ」

「懸念なし、って答えたのは秋元さんじゃないの」

「それは商売だからね。君だって取引先に嘘をついたことぐらいはあるだろう」

「じゃあ、あのときの大芝居は何だったんだ。覚えてるだろう。第一ホテルのロビーで、あっちの支店長と融資係と、四人でさ。社長、お怒りはごもっともですが、多少のお取引は継続していただかないと、私の立場がありません。御社のような優良企業は今どきそうそうないんですから。頼みますよ、この通り——」

「安男君もなかなかだったよ。何を言われてもダメなものはダメだよ、秋元次長。うちの借入額に対して、金利の〇・五パーセントがどのくらい大きいかはわかるでしょう。私だって慈善家じゃないんだから、義理で損をするわけにはいかない——」

「効いたね、あの芝居は。あちらさん、俄然いろめきたった。六億の肩がわりだぜ、六億。今じゃ夢みたいな話だけど」

「六億——そんなにあったたっけ」

「とぼけるなよ。怒るぞ」

金のからんだ分だけ、秋元とは実の兄弟以上の近しさがある。

だが、裏に回ればこの男は、兄たちや姉にすべてを暴露して、被害が一族に及ばないように画策していた。

「ところで、安男君」

と、秋元は金縁のメガネを向けて、煙草臭い息を吐きかけた。

「おかあさんのことなんだが――」

「関係ないよ、あんたには」

「いや、そう意固地になりなさんな。優子が言うにはね、やっぱり手術は無理なんじゃないかって。ヤッちゃんは意地っ張りだから、無理を承知でおかあさんに手術を受けさせようとしてるんじゃないか、とね」

「姉貴が言ってるんじゃなくて、みんながそう思ってるんだろう」

気色ばむ安男の肩を、秋元は宥《なだ》めるように叩いた。

「千葉の鴨浦というところ、遠いよ」

「わかってるさ、そんなこと」

「常識で考えても、ふつうの発想じゃないだろう」

「主治医は鴨浦まで持たせる心臓を作ってくれるって言ってた」

やれやれ、と秋元は溜息をついた。

「何キロあるか、知っているの。その鴨浦というところまで」

「ざっと百マイル」

「百マイル？」

いい響きだと安男は思った。口にしても、耳に聴いてもなぜか心地よい。

善人には近く、悪人には遠い百マイル。

天使の翼ならひとっ飛び、悪魔の黒い羽ではとうていたどりつけない、遥かな場所。

「何とか言ったっけ、ええと……」

と、秋元は背広のポケットを探って手帳を取り出した。

「そうそう、サン・マルコ記念病院の曽我真太郎先生ね。本店のデータで検索したんだけど、そんな医者、見当たらないんだよ」

「俺は銀行のポンコツコンピュータなんて信じないよ。インプットしなきゃデータ・ファイルされるわけないだろうし」

「だが、わかることはある。少くともこの医者、資産も預金もないよ」

「カトリック系の病院なんだ。きっとマザー・テレサみたいな医者なんだろう。それがどうしたの。金がなけりゃ名医じゃないのか」

「ひとつの基準にはなるさ」

そのとたんまったく突然に安男の中で怒りが滾り立った。

「秋元さんよ」

「何だね。気に障ったのか」

「障ったね。おおいに障った。あんたはどうだったかしらないけど、俺たちは昔、ひどい貧乏だった。でも、あんたみたいに卑しくはなかった。兄貴も姉貴も、みんな金持ちになって堕落したんだ。俺だっていっときはそうだったけれど、今はまた貧乏をして目が覚めた。おふくろはずっと貧乏だったんだ。おまえらが何て言おうが、貧乏な俺は貧乏なおふくろを乗っけて、百マイルをつっ走ってやる。それで、その貧乏な医者に、おふくろの命を救《たす》けてもらう。文句あるか」

「安男君――」

穢らわしい悪魔の手を払いのけると、安男は秋元の肥えた頬を力まかせに殴りつけた。

タクシーは路側に急停止した。

「おまえのつれあいにも、その兄貴どもにも言っとけ。銭はビタ一文いらない。俺はおふくろの腹から産まれたことを忘れやしない。それに、きょうがどういう日かも、忘れてやしない」

おろおろと顔をかばいながら、秋元は悪態をついた。

「二年前に、あんたが不渡りを飛ばした日だろうが」

ネクタイを引き寄せて、安男はもういちど秋元の鼻先を殴りつけた。

「そうさ。おまえが俺をみごとに嵌《は》めた記念日だ。だがそればかりじゃない。帰ったら非人情なやつらによく言っとけ」

タクシーから降りると、安男は咽を鳴らして路上に唾を吐いた。

「二年前に俺がくたばった日。それと、四十年前におやじが俺たちを遺してくたばった日だ。俺は忘れねえぞ。あいつらがみんな、貧乏したことも、おやじとおふくろの子供だってことも忘れちまったって、俺は忘れない」

安男は朱色《あけいろ》の街を、まっすぐに歩き出した。

高速道路の影から出ると、ビルの谷間に落ちかかる夕陽が貧しい体を呑みこんだ。

もしかしたら英子は、今晩もあわただしく男に抱かれるのだろうかと思った。そうすることで、いやな一日を忘れようとするのだろうか。

天国までの百マイルを、何が何でもつっ走ってやる。

路上に黒々と延びる痩せた体の影を振り返って安男は誓った。

10

一年中こんな日であってくれればいいと誰もが思うような晴れ上がった朝、城所安男は会社のワゴン車を運転して、母を迎えに行った。

暦は秋に変わったが、まさか秋風が立つという時期ではない。きっと暑い日なかの道中になるだろう。途中まで高速道路を使っても、その先は房総半島の山越えをしなければならない。順調に走っても四時間はかかると、受入先の病院は言っていた。

九時に退院手続を済ませて出発すると、鴨浦到着は午後一時になる。

大学病院の応対は冷ややかだった。ナース・ステーションでも病室でも、この無鉄砲な計画の噂でもちきりなのだろう。誰もが励ましの言葉をかけてくれるのだが、背を向けたとたんに冷たい視線を感じた。ひそみ声は空耳だろうか。

（知ってる？　十七号室の城所さん、転院だって。千葉の何とかいう田舎の病院で、バイパス手術をするんですって……）

（へえ。自殺行為だね、そりゃ。病室でジッとしていたって毎日発作おこしてヒイヒイ言ってるのに。何でまた）

（春名教授が切れないっていうのに、そんな田舎の病院で何ができるのよ。城所さん、とうに匙を投げられちゃってるから、お子さんとしては藁にもすがる気持ちなんだろうけど……）

（切れるわけないじゃないねえ。いったい親孝行なんだか、親不孝なんだか）

（向こうの病院で、切れませんって言われたらどうするつもりだろう）

（そりゃあんた……あっちでお迎えを待つしかないわよ。そんなことより、向こうまで持つかどうか。何しろ救急車も使わないで、ワゴンの荷台に寝かして運ぶっていうんだから）

（ひい、くわばらくわばら……）

あながち空耳ではあるまい。看護婦も患者たちも、そんな噂をしているにちがいなかった。

母はパジャマの上に季節はずれの綿入れを着て、ベッドに身を起こしていた。いつになく明るい顔色に、安男は胸を撫でおろした。

「いいだろ、このチャンチャンコ。ゆうべ、英子さんが持ってきてくれたんだよ。出来あいじゃないの。ほら、まだ躾糸《しつけいと》がついてるだろ。今どきの嫁さんには珍しいわ」

「もう嫁さんじゃないだろう」

と、安男は思わず言い返した。

「ああ……そうか。そうよね。ごめんね、ヤッちゃん、変なこと言っちゃって」

「いや、俺はべつに。だけど、たしかにいい嫁さんだったよな。実の娘だって、兄貴の嫁さんたちだって、何ひとつしてくれやしないのに――荷物、これだけか？」

「うん。引越しの仕度もね、きのう英子さんがしてってくれたのよ。ほんとはヤッちゃんと一緒に付き添って行きたいんだけど、ごめんなさいって」

「でしゃばりやがって」

安男は心にもない悪態をついた。おそらく英子は迷ったにちがいない。綿入れを縫い、転院の仕度をし、そこまでの誠意は尽くしても、鴨浦まで付き添うことはしない。母の前では別れた亭主とも顔は合わせない。いかにも英子らしい判断だと思う。

「英子のやつ、何だかんだ言ってまだ俺に未練があるんだよ。そりゃそうだよな、俺が良かったころには、あいつもさんざいい思いしたんだから」

母はふいに微笑を消した。

「ばかだね、おまえは」

どういう意味なのだろう。少くとも母は、安男の負け惜しみを察した。

「ああ、バカですよ。俺のバカは今に始まったわけじゃないさ。でもね、おふくろ――」

英子もバカだよ、男ができたんだ、それも女房子持ちの――と思わず口に出かかって、安男はすんでのところで唇を噛んだ。

「おはようございます。やあ、きょうは顔色がいいですね」

明るい声を上げながら、藤本医師が病室に入ってきた。

「おはようございます。お陰様で、きのうあたりからほんとに具合がいいんですよ。この調子ならドライブも大丈夫だわ」

「無理しちゃだめですよ。準備ができるまで横になってなきゃ」

藤本医師は母の背を支えながらベッドに横たえると、安男に向き合った。

「注意事項があるんですけど、ちょっといいですか」

母から目をそらしたとたんに、藤本の表情は険しくなった。

病室から出ると、廊下の端をたどりながら藤本は言った。

「城所さん。言い争いはタブーですよ。向こうに着くまで、ずっと笑ってなけりゃ」

「聞いてたんですか」

「べつに聞きたくて聞いたわけじゃないですよ。病室に入ったとたん、バカだとか何だとか言い合っているから。ゾッとしました」

「たいした話じゃないです」

「だめだめ。いいですか、ストレスは大敵ですよ。お母さん、具合がいいわけじゃないんですから。ともかくちょっとでも血圧が変化するようなことをさせてはだめです」

安男は鴨浦行きを決めたときの、藤本医師の言葉をふいに思い出した。

(僕は、内科医だからね。気がちっちゃいから、外科医にはなれなかったんです。でも、百マイル分の心臓は、ちゃんと作りますよ。内科医だから)

おそらく藤本はこの数日の間に、一時的な症状の改善をしてくれたのだろう。百マイルのドライブに耐えるだけの心臓を、作ってくれたのだ。

「ねえ、城所さん——」

藤本は白衣のポケットに両手を入れたまま歩度を緩めた。

「ナースたちがね、車を覗きこんで呆れてましたよ」

「おはずかしい限りです」

「いや。僕はそうは思わなかった」

「と、申しますと?」

「これなら行けると思ったんです。ふしぎなくらいはっきりと、そう確信した」

安男はむしろ暗い気持ちになった。状況を希望的に考えているのは、自分ひとりなのだろう。

「これなら行ける、ですか。何だかバクチみたいだな」

「そう。バクチですよ。それもかなり不利な。でも大丈夫。あなたの勝ちです。さっきワゴン車の荷台を見に行ってね、はっきりそう思いました」

「どうして？　救急サービスを頼む予算がないだけですよ」

「いえ。救急車では、たぶん持ちません。はっきり言って、それだけの心臓を作ることはできなかった。実はきょうあなたがお見えになったら、転院は再考してもらおうと思っていたんです」

背筋に悪寒が走って、安男は立ち止まった。

「どういうことですか？」

「車はたしかにオンボロです。クッションも悪いし、音もたぶん大きいでしょう。救急車ではないから、赤信号も止まらなければならないし、渋滞に巻きこまれるかもしれない。でも、荷台にゴザを敷いて、蒲団に真白なシーツをかけて、窓のすきまにガムテープまで貼ってあるのを見てね、ああ、これなら行けると思った。お母さん、行けますよ。絶対に鴨浦までたどり着いて、曽我先生に診てもらえます。断言してもいい」

藤本医師の言わんとしていることが、安男はよくわかった。

この人は名医だ。病を癒《いや》すものが、薬やメスばかりではないことを知っている。

「医者が、そんな言いかたをしていいんですか」

「絶対、大丈夫。僕が保証します。自信を持って行きなさい」

藤本医師にも自信がないことはよくわかっている。彼は、意気に感じてくれたのだ。

「せめてナースを一人、付けてやりたいと思ったんですけど、病棟も人手不足だし、それにこれまでの経緯もありますから、無理を通すには医局での僕の立場というものもね――」

「いいんです。それでいいんです。あの、藤本先生。つきましてはひとつだけ、お願いを聞いていただけますか」

「はい、何でしょう」

胸にこみあげるものをこらえながら、安男はきっぱりと言った。

「もし、鴨浦の曽我先生がやっぱり切れないとおっしゃったら、もういちどここに連れ帰ります。何としてでも」

息を抜いて俯き、藤本医師は安男の肩を摑んだ。この細い掌が、全力を尽くして百マイル分の心臓を作ってくれたのだと思ったとき、安男はこらえきれずに涙を拭った。

「いや。万が一そう言われたら、僕が迎えに行く。必ず行きます。もう他の医者には見せない――でもね、城所さん。曽我先生は切るよ」

安男の肩を抱いたまま、藤本医師は廊下を歩き出した。

「いろいろと情報を集めたんですがね。あの先生はすごい。信じられない手術例をたくさん残しています。ずっとアメリカにいらして、日本の学界からは全く相手にされていないけれど、調べれば調べるほど、常識では考えられない執刀をなさっている。奇跡を起こしているんです」

鴨浦という遠い漁師町の病院で、一年に百五十例もの心臓バイパス手術をこなしているというアメリカ帰りの外科医の顔を、安男は何となく思いうかべた。

サン・マルコ記念病院の招聘《しょうへい》に応じた、敬虔なクリスチャン。背は高く、表情は精悍で、強靱な意志と神の手とを持っている。春名教授の十年後輩にあたるというから、年齢は四十を少し出たほど、安男とそうは変わるまい。しかし、心臓外科の権威がこっそり紹介してくれたのだ。自分より腕が良いのだ、と。自分は切れないが、彼ならあるいは手術を成功させるかもしれない、と。

「大丈夫、曽我先生は必ず切ります」

藤本医師は厚いメガネの底の目を輝かせて、医者の禁句である断定的な言葉をもういちど口にした。

退院手続を済ませると、財布の中の金はほとんど消えてしまった。

医療費がそんなに高いものだとは知らなかった。保険証を持って医者に行けば、支払いはたいてい何百円か何千円で、大病をしたことのない安男は、つまり医者代とはその程度のものだとタカをくっていたのだった。

英子には渡さずに残っていた給料袋の中の金は、計ったように消えた。事務員の説明によれば、高額医療費の約六割は翌月に戻ってくるのだそうだが、翌月という未来を安男は想像することができなかった。

文字通り命がけの百マイルの旅は、スタートする前に早くも重大なピンチを迎えたのだった。

当面の金ぐらいは母が持っているだろうと思ったが、それを口に出せば心に負担をかけてしまう。

公衆電話の前で、安男は逡巡した。兄たち、英子、マリ、会社——どこでも急場の小銭ぐらいは調達できるだろうが、頼る気にはなれなかった。

とりあえず、弁護士の野田に電話を入れた。

〈何だい、城所。朝っぱらから妙なことは言うなよ〉

機先を制されて、安男は怯《ひる》んだ。この説明は難しい。

「あのねえ、野田君。ちょっと急な相談なんだけど——」

これは弁護士ではない、高校のクラスメートなのだと、安男は自分に言いきかせた。

「おふくろを千葉の病院に移すところなんだけど、思いのほか医者代がかかっちゃってな。いや、それは間に合ったんだが、ガソリン代を貸してもらえないか。兄貴たちの家は逆方向だし、そっちの事務所は通り道だから」

野田はいきなりひどい言い方をした。

〈それ、お得意の寸借りかよ〉

かつてはずいぶん面倒を見たものだが、零落した後も野田から金を借りた憶《おぼ》えはない。結局こいつも債権者の一味なのだろうと安男は思った。

「そうじゃないよ。もちろんおふくろだってそのくらいの金は持ってるだろうけど、気を遣わせるとまずいと思って――」

言いながら安男はポケットの中を探った。千円札が二枚といくらかのコイン。自分がいま自由に使うことのできるすべての財産だ。つい二年前まで目の前をめまぐるしく行きかっていた何億もの金が、とうとうこれっぱかりになってしまったのだと、安男は妙な実感を持った。追いつめられたと思った。

「頼むよ、野田君。三万、いや一万でもいいや」

電話機に向かって頭を下げていた。命を運ぶガソリン代のために、大の男がこうべを垂れる。こんな話がいつか語りぐさになったところで、誰も信じはしないだろう。

〈ばかじゃないか、おまえ。言うにしたって相手がちがうだろう。通り道なら会社に寄って中西に頼めよ〉

「野田君……おい、野田」

電話は乱暴に切られてしまった。会社のダイヤルボタンを押しかけて、安男はためらった。このうえ中西やマリや英子の善意にすがるくらいなら——そんなみじめなことをするくらいなら、死んだ方がましだと思った。

死んだ方がまし。

ものの たとえではない。いっそ母と一緒にどこかで死んでしまおうかと、安男はほんの一瞬、自分自身に提案していた。

魅惑的なくらい名案だとも思った。少くとも英子のもとに遺された子供らは、将来つごうの良い解釈をしてくれるのではなかろうか。おとうさんはお金に困っていたのではなく、おばあちゃんがかわいそうになって、一緒に死んだのだ、と。

きつく目をつむると、双子の子供らの笑顔ばかりが思いうかんだ。

ときどき夕飯を食いにやってくる見知らぬ男を、子供らはいったい何と呼んでいるのだろうか。父母の苦労を目のあたりにして育った二人は、きっと男の機嫌をとったり、お世辞を言ったり、たまには甘えたりすることも覚えただろう。そして現実に、実の父親からの仕送りが絶えた今月は、その男の力で飯を食うのだ。

死んではならないと安男は思った。

とたんに指先が勝手に動いて、自分でも怪しむそばから片山の事務所に電話をかけていた。

片山は古いなじみの金貸しだ。

〈何だよ社長。月が明けても音沙汰がないし、会社に電話すりゃ休みだっていうから、さてはズラかっちまったかと思ってたんだぜ。何やってるんだよ〉

片山は昔通りに、安男を「社長」と呼ぶ。城所商産が倒産したとき、悪い金貸しを取りしきる見返りとして、自己破産の後も片山だけに三百万の債権を残した。弁護士の野田も合意の上である。

〈元金は棚上げでいいから、毎月の金利だけはきちんと詰めてくれって。こっちだって自由になる金で商売してるわけじゃねえんだぜ。かくかくしかじかって金主《きんしゅ》に説明してだな、やっとこさ了解をもらってるんだから〉

「すまん。ちょっととりこんでいたんだ」

〈え？――誰か来たんか。俺が話つけたんだから追い返せよ。何なら名前出したっていいぞ。銀座の片山が仕切ってるっていえば、東京のやくざ者ならたいてい引っこむ〉

「いや、そうじゃない。あのな、片山さん。実は俺、いま死にたい気持ちなんだ」

〈何言ってやがる――〉

笑いかけて、片山は口を噤《つぐ》んだ。

〈――おい、社長。今さら妙なこと考えるなよ。もう峠は越してるんだ。しっかりしろ〉

悪い金貸しを長くやれば、客に首をくくられたこともあったのだろう。片山の声は真剣だった。

唇だけで安男は言った。

「金、貸してくれないか」

受話器の中で、しばらく不穏な沈黙が続いた。それから片山は、ひとつ咳払いをして意外なことを言った。

〈いくら？〉

片山は何を考えたのだろう。声だけで、それが命のかかった申し出であると察知したにちがいない。

「貸して、くれるのか」

〈だから、いくらいるんだよ〉

「理由を聞かないのか」

〈ばかやろう〉と片山は絞るように呟いた。

〈今さらあんたに借金の理由を聞いてどうすんだ〉

「一万でいい。すぐに返す。ガソリンがないんだ」

〈へえ……一万ねえ。どうもガス欠の声じゃねえけど〉

「一時間でそっちに行く。頼むよ、この通り」

まるで安男の姿が見えているかのように、片山は低い声で笑った。

〈よせよせ。もう他人に頭を下げるのはやめろって。そんじゃ、事務所までこいや。ガソリン、持つのか〉

「そのくらいなら大丈夫だ」

〈オーケー。近くまで来たらもういちど電話をくれ。まさか事務所で金を渡すわけにはいかない〉

受話器を置くと、少しばかり晴れやかな気分になった。とにもかくにも、これで母を鴨浦まで運ぶ段取りはついた。寄り道は時間のロスだが、たかだか十分かそこいらのことだろう。

「城所さあん、行きますよ!」

母の横たわるストレッチャーを押しながら、看護婦が安男を呼んだ。せめて車椅子で降りてくるだろうと思っていたのに、やはりこの計画はそれくらい無謀なのだ。

母の顔を覗きこむようにして、藤本医師が歩きながら言った。

「いいね、城所さん。息子さんにもよく言っておくけど、ちょっとでも苦しくなったらすぐに言うんだよ。ニトロはずっと舐《な》めてて下さい。おしゃべりもしちゃだめだよ」

母は藤本の細い腕を握って、うんうんと肯いた。

通用口には灼熱の夏日を予感させる光が溢れていた。手庇《てびさし》をかかげて、藤本医師は晴れ上がった空を見上げた。

「多少は暑くても、クーラーはかけないで下さい。風も直接は当てないようにして――」

それ以上の細かいことは言っても仕方がないというふうに、藤本は黙って一抱えもある書類袋を安男に托した。

「これ、地図です。できればまっすぐにつっ走って下さい」

折り畳まれた道路地図には、道筋にある救急病院の位置が赤いマジックインキで書きこんであった。百六十キロの道中に、無数に咲いた花のようだ。

書類袋には角張った楷書で宛名が書かれていた。

〈サン・マルコ記念病院心臓外科　曽我真太郎先生〉

これが自分を産み、育ててくれたおかあちゃんのすべてだと安男は思った。

「行くよ、おかあちゃん」

母は荷台に仰向いたまま白い手を挙げた。

エンジンをかけると、藤本医師が汗の浮き上がった顔を窓からつき入れた。

「ヤッちゃん。頼むよ」

いきなり親しげに名を呼ばれた。看護婦たちの姿は消えていた。

「悪く思わないで下さい。教授の立場とか、大学病院のメンツとか、いろいろあるから。

僕にできることはすべてやりました」

ありがとうございます、と安男は何度も言った。

本当は、言いたいことが山ほどもあった。それは母の命に対する、人々の冷淡さではない。母の命を支えなければならない自分の真実の姿を、この誠実な医師にだけは懺悔しておきたかった。

先生。俺は破産者で、一文なしで、女房子供にも愛想をつかされたろくでなしなんだ。頭の中がごちゃごちゃで、何をしているのかもよくわからない。ただ、おかあちゃんを殺しちゃならないと、そればかりを考えている。

俺、変かな。たぶん誰から見ても、変なことをしているんだろうな。

でもひとつだけ、はっきりわかっていることがあるんだ。

おかあちゃんを生かすか殺すかということは、俺の人生がいいものか悪いものかということだろう？

ひどい人生だけど、悪い人生だとは思わない。いや、思いたくない。

やっぱり、生まれてきてよかったと思う。だから俺、誰から見ても変なことかもしれないけど、おかあちゃんを乗せて百マイル走ります。せっかく救急病院の位置まで教えてもらったけど、途中でおかあちゃんが発作を起こしても、まっすぐに走ります。

たぶんおかあちゃんもそのつもりだよ。どうせ死ぬなら、冷たい病院のベッドよりも、真夏の温室みたいな、俺の運転する車のなかで死にたいのさ。
だから俺、おかあちゃんが苦しがっても、まっすぐに走り続けます。
俺はろくでなしだけど、ひとでなしじゃねえんだ。
ありがとうございました。先生のおかげで、俺の大好きなおかあちゃんは、生きても
死んでも天国に行けます。
ほんとに、ほんとに、ほんとに、ありがとうございました。ありがとうございました。

11

片山は中央通りの並木の葉蔭に、一見して悪辣《あくらつ》な顔をしかめて立っていた。

「社長よォ――」

手にした封筒を団扇《うちわ》に使いながら、たぶん一時間の間に考えた疑問を口にする。

「まさかとは思うけど、いちおう訊いとくよ。どこかから追いこまれて、苦しまぎれの借金じゃねえんだろうな」

「ちがうよ。そんなのじゃない」

運転席に座ったまま、安男は窓ごしに答えた。面倒な経緯を説明する時間はない。

「そっちのことについちゃ、俺も体を張ったんだ。自分だけ抜け駆けしようと思ったわけじゃねえんだぞ。わかるよな」

渡された封筒の中には一万円札が五枚も入っていた。

「実はいま、俺も体を張っているんだ」

親指を肩ごしに立てる。片山は荷台を覗きこむや、太い眉がつながって見えるほど、額に皺《しわ》を寄せた。

「誰だよ、このババア」

「おふくろ。これから千葉の病院に運んで、手術をする」

「顔色悪いぞ、生きてるのか」

「ああ。生きているさ。今のところな――金、こんなにいらないよ」

「いいから持ってけ。持ってて邪魔になるもんでもあるまい――そんなことよりよォ、手術って、どこを切るの」

「心臓」

ワイシャツの背に汗がにじんで、黒い入墨が浮き上がっている。片山はもういちど窓ごしに荷台を覗いた。

「おふくろが心臓の手術って……話は穏やかじゃねえなあ」

ふいに母がか細い声を上げた。

「ついたの、ヤッちゃん」

「いや、まだだよ。ちょっと用足しをしてる。すぐに出るからね」

「何となく苦しい感じがするんだけど、仰向けがよくないのかねえ……」

安男が運転席から飛び降りるより先に、片山はスライド・ドアを開けていた。

「ババア、しっかりしろ。大丈夫か」

「おや、どなた？」

「誰だっていい。どうすりゃいいんだ。どうしてほしいんだよ」

「すみません。背中を少し高くして下さいますか」

片山は鬼瓦のような顔を安男に向けた。

「おい社長。あんた、いったい何やってんだ。このクソ暑いさなかに重病人の親をワゴンの荷台に乗っけて、冗談もたいがいにしろ」

「これにはいろいろとわけがあるんだ。説明してるひまはないが」

「説明なんか聞きたくねえよ。ともかく楽にしてやろう。荷台よりリアシートの方がましだな」

「そうかな。俺は仰向けに寝た方がいいと思ったんだけど」

「振動がきついんだ。いくら蒲団を敷いたって、荷台の上にじかじゃな」

噴き出る汗をハンカチで拭うと、片山は畳んだリアシートを組み上げた。

「片山さん」

「何だよ。おい、ボヤッとするな。そっちのおふくろだろうが。蒲団をこっちに敷き直そう」

「俺がやるから、いいよ」

「そっちがぼんやりしてるから、他人の俺が手を出してるんじゃねえか」

俺はヤクザ者じゃないと、片山は口癖のように言う。時代遅れのパンチパーマと、いかつい顔と、ワイシャツの背中に透ける入墨。これがヤクザでないのなら、世の中にヤクザ者など一人もいないだろうと、安男は今さらのように思った。

いっときはずいぶん苦しめられた相手だが、安男が不渡りを出したあとは悪い金貸したちの楯になってくれた。むろん自分の債権だけを保全しようという下心はあったにちがいないけれど、たぶんそればかりではない。顔に似合わず、情に脆《もろ》い男なのだ。

「ババア、ちょっと横にどいてろ。蒲団を椅子の上に敷き直すからな」

母が体をずらすと、片山は敷蒲団をリアシートに引きずり上げ、小さなベッドを作った。掛蒲団を背もたれに重ね、枕を置く。

「よおし、これでいいや。掛けるのは毛布だけで十分だな。おいババア、動けるかい。ほら、こっちこい」

片山は荷台に腕を伸ばすと、母の体をリアシートに引き寄せた。

「どなたか存じませんが、申しわけありません」

「礼なんかいいよ。おたくの倅が半竹《はんちく》なことばっかやってるから、見てられねえんだ。事情はよくわからねえけど、ともかく親不孝なやつだよなあ」

母は片山に支えられてリアシートに落ち着いた。

「苦しいか、ババア」

「いえ、そうでもないです。ああ、このほうがいいわ。体をちょっと起こしていたほうが。外の景色も見えるし」

ドアを閉めると、片山は長袖のワイシャツの腕で汗を拭った。煙草をくわえ、安男の顔を見据える。

「悪いね、片山さん」

「まったくよ、クスブリもここまでくりゃ、呆れて物も言えねえ」

「今月の利息、ちょっと待ってもらえるかな」

「とんでもない。それはそれ、これはこれだ。あのな、社長。何べんも言ってる通り、俺は自由になる金で商売してるんじゃねえんだよ。肩書きは片山商事の社長でも、上には金主っていうのがいるんだ」

「わかってるよ」

「いや、わかっちゃいねえ。あんたはまだまだ甘い。銭の有難味っていうのが、わかってねえ。勝手にハネて、勝手にクスブッて。ぜんぶてめえでまいた種だろうが。そのうえガソリン代を貸せだの利息を待ってくれだの、甘ったれるのもいいかげんにしろ」

「やめてくれ、片山さん。おふくろに聞こえる」

片山はちらりと窓を振り返って、母に愛想笑いを返した。それからやるせない溜息をつくと、尻のポケットに差していた札入れを、丸ごと安男に押しつけた。

「片山さん――」

「ガソリンだけじゃ助かる者も助からねえ。とりあえず持ってけ。ああ、そうだ――」

片山は思いついたように札入れの中から一万円札を何枚か抜き出した。

「今月の金利だ。これはこれ――ババア、がんばれよ」

それだけを言うと、片山は日ざかりの並木道を早足で去ってしまった。


首都高速はひどい混雑だった。

免許を失効してから二年の間、運転はもちろんタクシーにすらほとんど乗ったことがない。道路の混雑が頭になかった。

運転が不慣れな上に車はきょうび珍しいマニュアル車で、クラッチをつなごうとするたびにエンストをくり返した。そのつど、ルームミラーの中の母の頭が、前後に揺れる。ぎっしりと道路を埋めた車の洪水の上に、かげろうが揺らいでいる。

「少しクーラー入れようか、おかあちゃん」

「いいよ。寒いくらい」

寒い？――熱気と排ガスにまみれた車内は地獄のような暑さだ。安男はルームミラーを母の顔に合わせた。片側に畳み上げた蒲団に背をもたせて、母は横向きに座っている。痩せたうなじを陽が灼いていた。

「ねえ、ヤッちゃん。さっきの人のことなんだけど」

うっすらと目を開けて母は言った。ずっとそのことを考えていたのだろうか。

「ああ、あいつは古い友達なんだ。気にすることないよ、昔はずいぶん面倒を見た」

「ちがうだろう」

嘘をあばかれて、安男はひやりとした。

「破産して、もう借金は返さなくてよくなったんじゃないの？」

親とはふしぎなものだとつくづく思う。安男の商売など何も知らなかったはずなのに、母は片山の正体に気付いていた。

「そんなのじゃないよ。たまたま金貸しをやっている友達なんだ」

母は天井に向かって小さな息をついた。どう言い繕っても、子供の嘘はわかるのだろう。

「でも、いい人だねえ。おまえに説教してくれた。まだまだ甘い、銭の有難味がわかってないって——おかあちゃん、涙が出たよ」

「何もおふくろが感心することじゃないだろう」

「いいや、有難かった。考えてみりゃ、おかあちゃんはおまえに何ひとつ教えてあげられなかったから」

母の言葉を深く考えるのはよそうと安男は思った。根が深すぎる。

ふと思いついて、助手席に置かれた片山の札入れを開いた。十万ほどの金と、几帳面にクリップで留めた領収書が入っていた。

片山は俠気《おとこぎ》を出したわけではあるまい。やむにやまれず、とっさに有金をはたいたのだ。

「あの人、いくつ？」

「よくは知らないけど、たぶん俺より二つ三つ上だと思う」

「ふうん——秀男と同じくらいか」

母はそれきり口を噤んだが、言おうとしたことが安男にはよくわかった。

高男も優子も秀男も、自分のことだけで精一杯で、おまえをかまってやれなかったからね。おかあちゃんだってそうさ。保険の契約をとってくるだけで、月々のお給料のことしか考えられなかった。おとうちゃんのかわりをしてやれなかった。誰も。

「そんなの、関係ねえよ」

心の中で言い返したつもりが、声になってしまった。

「俺も四十だぜ。誰に何を教わるって齢じゃないさ。いつまでも子供あつかいするなよ」

本当は学歴よりも出自よりも、そのことが自分のコンプレックスになっている。四十年も生きて、それなりの自己分析をくり返してくれば、それが致命的な欠陥になっていることもよく知っている。

父を知らないから、子供らとの接し方も不器用だった。抱き上げるときも、手をつなぐときも、叱るときも、褒めるときも、いつもどうしたらよいのかわからなかった。双子の子らが同時に言葉を覚え、「パパ」と口にしたとき、喜ぶよりさきに怖れた。父という未知の存在に祀《まつ》り上げられたような気がした。

英子は妻という名の恋人だった。別れるその日まで愛情が古びることはなかったが、そのかわり夫としての認識はついぞ持てなかったように思う。

片山という男の暮らしは知らない。だがきっと、世間なみの家庭を営んでいるのだろう。ヤクザだろうが金貸しだろうが、夫として父としての責任を果たしている男から見れば、自分はろくでなしなのだろう。

むろん、兄たちから見ても。

「ここ、どこ？」

「もうじき箱崎。そこが渋滞のネックなんだ」

「下町だね」

と、母は首をもたげて窓の外を見た。

「亀戸《かめいど》って、ここいら？」

「いや、もうちょっと先だな。何で？」

「戦時中に学徒動員でね、亀戸の工場に行ってたことがあるの。空襲がひどくなってから三鷹のほうに変わったんだけど」

その話は聞いたことがある。女学校を出たといっても勉強はしなかったから、おまえには何も教えてやれないと、母は口癖のように言っていた。

「おとうちゃんは頭のいい人で――」

「やめろよ」

と、安男は母の声を遮った。それは子供のころから朝な夕なに聞かされているお題目のような言葉だ。

おとうちゃんは頭のいい人だった。苦労して大学を出て、一流商社に入って、絵に描いたような秀才だったよ。だからうちの子は、みんな勉強ができるの。塾に行かなくたって、家庭教師をつけなくたって、みんな成績がいい。頭のできがちがうのよ。

「兄貴たちはみんなおやじに似てデキがいいけど、俺だけおふくろに似たんだ。不公平だよな、まったく」

「ちがうよ、ヤッちゃん」

と母は鈴を振るような高い声で言った。

「おにいちゃんたちも、みんなそう思ってる。おとうちゃんに似て頭がいいんだって。でもね、ほんとはちがうの。ここだけの話だけど」

「え？　――何だよそれ」

「みんな暗示にかかっちゃってる。俺たちはデキがちがうんだってね。フフ、おかあちゃんの思うツボ」

母は車の天井を見上げたまま、おかしそうに笑った。

「ほんとのこと言うとね、高男も優子も秀男も、私に似ちゃった。おとうちゃん、いつも言ってたんだよ。どいつもこいつも母親にそっくりだって。たしかにみんな、もとの頭は良かない。でも、おとうちゃんの話を耳にタコができるくらい聞かせているうちに、みんなその気になっちゃったの。妙に素直なところまでおかあちゃんに似てる」

「あいつらのどこが素直なんだよ」

笑い返しながら、安男はルームミラーを覗きこんだ。父の顔は、残された何枚かの写真の中でしか知らない。

「俺、おやじに似てるんか？」

母はにべもなく答えた。

「そっくり。何から何まで。こわいくらいよ」

「嘘つけ」

「おとうちゃんの話をすると、おまえは嫌な顔をするから言わなかったんだけどね、顔も声も、ちょっとした癖も、性格までうりふたつ」

「ほんとかよ」

安男はわけもなく嬉しくなった。イメージの中の父は完全無欠の男だった。

「ちょっと待て、おふくろ。顔や声はともかく、性格はちがうだろう」

「似てる。そっくり」

と、母は断言した。

「どこが？」

「やさしい。粘り強い。愚痴を言わない。いつも相手の気持ちを考える。短気だけど、感情が顔に出ない。それに、こうと決めたらとことんまでやる」

安男はしばらくの間、母の言葉を考えねばならなかった。たしかにそれらは自分の性格の長所かもしれない。だが——裏を返せば優柔不断、頑固者、口ベタ、短気だが気が小さい、ということである。

「何がおかしいのよ、ヤッちゃん」

「たしかに似てるかもしれないけど、ネガティブってやつだよ」

「何、それ」

「つまり、写真のネガ。そっくりだけど裏返しさ」

「そうかあ……なるほど」

母の納得は悲しかった。だがまあ、ネガティブにしろ何にしろ、父にそっくりだというのは誇らしい。

「うまく焼き直せないものかねえ」

「むりだよ、今さら」

箱崎のインターを過ぎると、車は暗い淀《よど》みから流れ出たように走り出した。

「さあ、飛ばすからな。少し寝ろよ、おかあちゃん」

母は答えなかった。ルームミラーの中で、母はパジャマの襟元からお守り袋を引き出した。

「おかあちゃん――」

「大丈夫。念のためよ」

首から下げたお守り袋の中には、ニトログリセリンの錠剤が入っている。いつ発作が起きてもたちまち取り出せるように、入院中でもそうして身につけているのだ。

錠剤を口に含むと、母はきつく目を閉じた。

「苦しいのかよ」

母は答えてくれなかった。

12

高速道路を木更津南で降りて――

サン・マルコ記念病院の事務員は電話でそう説明していたような気がする。

どうしてメモを取っておかなかったのだろうと安男は悔やんだ。車に備えつけてあった道路地図によれば、館山自動車道路は建設中の点線で表示されている。

蘇我のインターチェンジで降りるものかどうか、安男は迷った。もしかしたら事務員は、蘇我インターで降りて、と言ったのかもしれない。

道路地図は古い。高速道路は開通しているのだろうか。

路側に車を止めてさんざ迷ったあげく、「鴨浦方面」と書かれた蘇我インターの表示を信じることにした。房州の山中を走る道路は錯綜していて、いったいどれが鴨浦への近道かわからない。どう走っても同じような気もする。

国道二九七号線から四一〇号線。久留里城址、亀山温泉、亀山ダム、養老渓谷、清澄山——何となく観光地らしい沿道の名称が道筋を決定させた。

「おかあちゃん、腹へったろう。高速を降りたら何か食うか」

「いいのかね、食べても」

目をつむったまま母は答えた。

時刻はすでに午後一時に近かった。本当なら鴨浦に到着していてもいい時間である。

「メシのこと、先生に聞いてなかったな。一時には向こうに着く予定だったから。病院の昼飯って、何だった?」

「おかゆ」

「おかゆかあ……」

「おかあちゃんは何でもいいよ。それよりおまえ、おなかすいたろう」

母の顔色は透けて見えるように白かった。とても食事どころではあるまい。

「朝ごはん、食べたのかい?」

「いや。早かったから、コーヒーだけだ」

「じゃあ、どこかで食べていこうよ。何かおいしいもの」

「やっぱり走ろう。腹がへっても死にゃしないさ」

「おかあちゃんも、おなかすいたよ。何か食べさせて」

母は胸の痛みに耐えるように、目をつむっていた。こんな状態で腹がすくわけはない。

「おまえはよくても、おかあちゃんはおなかがすいたの」

「いいよ、俺は」

インターを降りてしばらく走ると、大漁旗を派手に押し立てたドライブ・インが見えた。

「生簀《いけす》料理だと。刺身でも食おうか」

「うん、そうしようよ。この世の食べおさめ」

悪い冗談に笑い返しながら、安男は暗澹となった。

この世の食べおさめ。冗談ではあるまい。苦痛こそ訴えないが、狭心症の発作が起きていることに疑いようはなかった。ぼろぼろに狭窄してしまった冠状動脈のどこかが、わずかな血の塊で塞がれてしまえば、それで終わりだ。

ほんの数ミリの血管が、母の生と死を握っている。この先の長い道程を急ぐことに何の意味があるのだろう。

母と二人きりで食事をしたのはいつのことだったろうと安男は考えた。兄たちが石神井のアパートを一人ずつ出て行き、母と二人きりの暮らしをしていたころから、そんな機会は絶えてなかったのではあるまいか。

まるで安男の胸のうちを見透かすように、母は切実な声で言った。

「ヤッちゃんと、ごはんが食べたいの……」

声は尻すぼみになったが、母はたぶん聞きとれぬほどの声で、「おねがい」と言った。

無意味なくらい広い駐車場に、安男はワゴン車を乗り入れた。汐干狩《しおひが》りのシーズンには観光バスが立ち寄るのだろうか。食堂の脇には大きな土産物屋が店先に干物を並べていた。

真上に駆け昇った太陽が、がらんとした駐車場を灼いていた。生簀のガラスは国道から吹き寄せる埃《ほこり》に、白く曇っている。

青空に翻る赤や青や黄色の大漁旗を見つめながら、母はここで死ぬかもしれないと思った。

「どうしたの、ヤッちゃん」

勇気を出さねばならない。母は心臓が止まることを承知で、飢えた子供に飯を食わせようとしている。

「おかあちゃん。俺、やっとわかった」

「何が？」

「自分の子供に、飯を食わせるってことがさ。おかあちゃんは、ずっとそんなふうにして俺たちを食わせてきたんだな」

ただの一度でも、そんな覚悟で子供らを育てたことがあっただろうか。父親参観日にしぶしぶと出かけたり、運動会ではビデオを回したり、たまには家族そろって外食をしたり、別れて暮らすようになってからはきちんと送金を続けた。それが親のつとめだと信じていた。

ちがう、と安男は思った。おかあちゃんはいつだって、自分の命と引きかえに飯を運んできたのだ。だから子供がひとりひとり石神井のアパートを巣立って行ったときも、晴れやかに、ちっとも悲しまずに送り出したのだ。そして、ひとりを送り出すたびに、まるで玉手箱を開けたような老い方をした。

少くとも自分は、子供らを育てるために命をかけたことはなかった。

「うまいもの、食おうな」

運転席から降りると、汗みずくの体の中を潮風が吹き抜けた。

スライド・ドアを開ける。死の匂いのする小さなベッドの上で、母は体を丸めていた。

「ほら」と、安男は背中を向けた。

「いいよ、ぼちぼち歩くから」

「だめだよ。俺がおぶってやる」

「はずかしい」

言いながら背中に被いかぶさった母の体は羽毛のように軽かった。

安男は灼けたコンクリートの上を歩き出した。

「ごめんね、ヤッちゃん」

どうしてあやまるんだよ、と言いかけて、声が咽に詰まった。母の脛《すね》をかじり続け、家を出たあとも心配をかけ続け、しまいにはなけなしの貯金まで引き出して、身ぐるみ剝いでしまった。それでもおかあちゃんは、ごめんねと言ってくれる。

歩きながら安男は呟いた。

「死ぬなよ、おかあちゃん」

答えなかったのは、自信がないのだろう。あるいは母も、もしかしたらこの場末の食堂が、終《つい》の家になると考えているのかもしれない。

無情な太陽が、ひとつにまとまった影を足元に落としていた。

「死ぬなよ。俺、ちゃんとするから。前みたいに金持ちにはなれないだろうけど、おかあちゃんが安心できるぐらいには、ちゃんとなるから。なあ、おかあちゃん。死ぬなよ」

言うほどに足が重くなって、安男はとうとう灼けた駐車場のただなかに立ちすくんでしまった。

「大の男が、何だい――」

母は首にかけたタオルをはずして、瞼を拭ってくれた。

「おとうちゃんは泣いたことがなかったよ」

「俺、おやじなんか知らねえもの」

「なら教えてやる。おまえのおとうちゃんはいっぺんだって泣きゃしなかった」

「だって、死ぬかもわからないおふくろを背負ったことなんてないだろ。こんなことすれば、おやじだって泣いたに決まってる」

「歩け、ヤス」

小さな拳で、母は安男の頭を小突いた。一歩ずつ、安男は言葉にならぬ声を絞った。死ぬなよ、おかあちゃん。死んじゃだめだ。死んじゃいやだ。死ぬな。死ぬな。死ぬな。

番屋を模した入口の縄暖簾《なわのれん》をくぐる。入れちがいに出てきた運転手が、爪楊枝を吹きとばして大仰に驚くふうをした。

「はずかしいよ。ヤッちゃん――」

ほの暗い店の中からは、民謡と冷気が流れ出ていた。

「すみません、少し冷房を緩めてくれませんか」

敷居をまたぐ前に、安男は言った。店内は思いがけぬほど広い。天井からガラスのブイが吊るされ、壁には魚網がディスプレイされていた。巨大な生簀をめぐって造りつけられているカウンターから、食事中の男たちが一斉に顔を向けた。

「なんだなんだ。おおい、冷房止めろ、暑くたってこっちは死にやしねえ」

一見してダンプの運転手とわかるランニング姿の男が怒鳴った。

「ばあさん、具合悪いんか」

「はい、病院に行く途中なんです」

「奥の座敷がいいよ。風に当たらねえから」

言われるまま座敷に上がって、壁際に母を下ろした。屈強な男たちの背中がカウンターに並んでいる。

「病院て、どこ行くの？」

タクシードライバーらしい初老の男が、箸を持ったまま振り返った。

「鴨浦の、サン・マルコ記念病院です」

「鴨浦？　――そりゃまた遠いな。どこから来たの」

東京の西の方から、と答えると、男たちはたくましい肩をそびやかして驚いた。

「いやいや、あの病院はそうなんだ。俺は成田の空港から外人を乗っけたことだってあるぜ。外国からわざわざ手術しにきたってやつ」

別のタクシードライバーが言った。

「へえ、そんなにいい医者がいるんかい」

「おおよ。何でも心臓の手術させたら世界一っていう医者がいるんだと」

「鴨浦にか？　──信じられねえな」

「何でも、そのサン・マルコってのは何年か前にできたキリスト教の病院でよ、まるで神がかりみてえに重病人を治しちまうって噂だ」

「なら、うちの親父も連れていくかな。癌なんだけど」

「さて、癌はどうか知らんけど。ともかく心臓はよ、アメリカからだって患者がやってくるそうだぜ」

「アーメンだからじゃねえのか。鴨浦なんて辺鄙《へんぴ》な所に、何でそんな名医がいるの」

「知るかよ──ああ、ところでお客さん。どうして高速を降りちゃったの。鴨浦まで行くんなら木更津まで走りゃよかったのに」

　母は壁によりかかって目を閉じ、男たちのてんでな会話に耳を傾けている。やはり道をまちがえたらしいが、こんな頼もしい話が聞ければあながち回り道ではあるまい。

「地図が古くて──」

「そうかあ。けど、もう海も終わって道路はすいてるからな。たいして変わらないよ」

　ウェイトレスが注文を取りにきた。

「冷房、切りましたからね。何にします？」

　カラー写真を貼りつけた手作りのメニューを見せると、母は色のない唇を引いて微笑《ほほえ》んだ。

「おまえの好きなもの、お食べ」

「刺身、食おうか。おかあちゃん好きだろ」

母は綿入れの半纏《はんてん》にくるまれて、厚い毛の靴下をはいた足を投げ出している。大丈夫か、と言いかけて安男は口を噤んだ。

鴨浦に着くまで、もうそれを訊くのはよそう。こんな命の瀬戸際に、口にする言葉ではない。

「木更津か……」

と、母は遠い目をした。

「なに？」

「昔、みんなで木更津に行こうとしたことがあったっけね」

「前の晩に俺が熱を出して、流れちゃった。あんまり嬉しくてはしゃぎすぎたんだ」

「そう。おまえが小学校一年ぐらい。東京オリンピックの年だよ。世の中がどんどん良くなって行くのに、うちだけテレビも買えなかった。高男が中学生で、小学生が三人。今年の夏は海に行こうかって言ったら、優子がね、だったら海水浴じゃなくて汐干狩りに行こうよって言い出した。みんなで貝を採ってくればおかずになるってさ。あの子はしっかり者だね」

「家族そろって出かけるなんて、一生に一度のチャンスだったのにな。悪いことした」

行楽が中止と決まった朝の沈鬱な空気を、安男はありありと思い出すことができる。

その晩、母は市場から刺身をたくさん買ってきてくれた。

「秋元さん、いい人だよね。優子は目が高いわ。今じゃ銀行の支店長夫人」

「そうかな。いい人なら、もう少しおふくろのことを考えてくれると思うけど」

冷酷な義兄を、タクシーの中で殴りつけた。姉にとっては良き夫でも、安男には秋元がいい人間だとは思えなかった。

「そんなこと言うもんじゃないよ。みんないい人にめぐりあって、幸せな家庭を築いてくれた。親孝行だよ」

「ごめん」

自分さえまともなら、母の人生は完全だったのだろう。しかも、英子はお気に入りの嫁だった。母にとって二人の離婚はかえすがえすも痛恨事だったにちがいない。

「ねえ、ヤッちゃん」

母の乾いた掌が、安男の膝に置かれた。

「優子に、好きな人がいたの、知ってる？」

「え？　――姉貴に」

「そう驚きなさんな。まさか不倫じゃないわよ。秋元さんと結婚する前にね、あの子、ずっと付き合ってた人がいたの」

「初耳だな、それ」

「誰にも言っちゃだめだよ。遠い昔の話なんだから。ほら、優子が短大に行ってたころ、新宿の喫茶店でアルバイトしてたろう。そのお店にいた店員さん」

高校生のころ、姉のアルバイト先のその店には何度か行ったことがあった。靖国通りに面した、小さな喫茶店だった。暗い色ガラスのドアの把手《とって》を握って、門番のように立っていた姉の姿が思いうかんだ。

「五年も付き合ってたんだよ。短大を出て、銀行に就職してからもずっと。ほとんど一緒に暮らしてたこともあった」

「会ったことあるのか、そいつと」

「だって、てっきりその人と結婚するって思ってたもの。向こうのアパートに訪ねてったこともあるし、食事も何度かしたわ。あの人も、いい人だったんだけどねえ」

「どうして別れたの、姉貴」

「そりゃあ、おまえ――」

と、母は少し言葉を選んだ。

「秋元さんにプロポーズされたからよ」

「理由になるか、そんなこと」

姉にとっては、恋人と別れる十分な理由になったと思う。秋元は一流大学出のエリート銀行員だ。

「中卒のウェイターじゃ、恋人にはなれても亭主になる資格はないってわけか。ひどい話だな」

「優子は幸福を探してたの」

「そうかな。人間の幸福は、惚れた相手と一緒になることじゃないのか」

母はきっぱりと言った。

「幸福はお金で買える」

母らしくない言葉だと安男は思った。少くとも、好んで母が口にする言葉ではない。

「そんなことないって言うのは、贅沢な育ちをした人よ。とことん貧乏をすれば、幸福がお金で買えることはわかるわ。だから優子は賢いと思う。幸福のために秋元さんを選んだの」

「俺、いやだな。そういうの」

「ヤッちゃんだって、考えないわけじゃなかったでしょうに」

英子と知り合ったころ、安男は不動産会社のセールスマンだった。さしたる野心もなく、毎日を無為徒食に過ごしていたといっていい。

英子は地味な地方公務員の娘で、べつだん門地がいいというわけではなかったが、苦労知らずの聡明な女だった。愛するより先に、この女となら貧乏をしないですみそうだと思った。英子に貧乏は似合わなかったからだ。

姉の場合ほど露骨ではないにしろ、結婚の動機は似たようなものかもしれない。

甲高い大漁唄が、安男の耳にねっとりと絡みついた。

「幸福になるために、みんな頑張ってくれたのよ。おかあちゃんの祈りをね、みんなしっかりと聞き届けてくれた。神様みたいな子供らだわ、ほんとに」

「しゃべりすぎだよ、おふくろ。具合が悪くなるぞ」

「もう十分に悪いわ」

母は水を口に含んで、ほうっと深い息をついた。

二錠目のニトロは舐めたのだろうか。母はまるで残された時間を貪《むさぼ》るように話し続けている。

「ヤッちゃんに言いたいことは山ほどもあるんだけれどねえ」

「いいよ言わなくて。みんなわかってるから」

「忘れちゃった。あれこれ多すぎて。でも、これだけは言っとく。おにいちゃんたちはまちがってないよ」

「それは納得できない。まちがってるよ、兄貴たちは」

母は目を閉じたまま顎を振った。何を言おうとしているのか、言葉より先に眦に涙が盛り上がった。

「おまえもいまにわかる。不幸な育ち方をした人間が幸福になるっていうのは、とっても難しいことなんだよ。とっても、とっても、虫けらが鳥になって空を飛ぶくらい、とっても難しいことなんだ。あの子たちはおとうさんに死なれて、食うや食わずのボロアパートから、立派に羽を生やして飛んで行った。奇跡だよ。病院で子供らのことを訊かれるとね、おかあちゃん、鼻高々さ。ええ、四人もいるんですよ。長男は商社マン。奨学金を貰って、国立の大学に行ってくれたんです。次男は医者。これも国立に行って、この間やっと開業したんです。長女は銀行の支店長夫人でね、婿さん東大ですよ。そのわりにはちょっと出世が遅れてるらしいけど、いずれは挽回します。末っ子は――」

「不動産会社の社長です、か」

「そう言うことにしてるわ」

「はいはい。この子が一番のやり手でしてねえ。三十人も人を使って、ベンツに乗って、世田谷におフロ屋さんみたいなお屋敷を建てたんです、か」

舟盛りの刺身が運ばれてきた。

天ぷらに焼物、赤だし、茶碗蒸し。

「あら、こんなに?」

「食いおさめだって言うから。食べたくなかったら、箸だけでもつけてくれよ」

壁から身を起こす力もない母の口に、安男は鮪《まぐろ》を運んだ。

「あーんしろ。ほら、あーん」

あーん、と母は薬の匂いのする口を開いた。

「うまいか?」

「おいしいよ、とっても」

「食いおさめにしないでくれよな。俺、おかあちゃんに嘘をつかせちゃった」

「嘘って?」

呑み下す力がないのだろうか、母は舌の上でいつまでも刺身をねぶっていた。

「俺、社長になるから。もういっぺん社長になって、おかあちゃんの嘘を本当にするから」

「むりしないでいいよ。体でもこわしたら、元も子もないし」

硬い食物を呑みこむ力がないのなら、口うつしに嚙んで含めてやろうかと安男は思った。小さな子供のころ、母がそうしてくれたように。

13

トラックの行き交う国道を離れると、別世界のような田園風景が開けた。

やがて道は緩やかな登りにかかり、蟬の声に被われた森に入る。夏が終わり、秋と呼ぶにはまだ早い不確かな季節だった。

太平洋に突き出た房州の山がこんなにも深いとは想像もしていなかった。道は次第に高度を上げながら、深山に分け入って行く。

母は眠っている。ルームミラーをぴったりと寝顔に合わせて、安男は速度を上げた。

眠りながら、母はときおり眉をしかめる。苦しいのだろうか。あるいは苦しさに耐えて、まどろんでいるのかもしれない。

ラジオのスイッチを入れる。するとまったく偶然に、懐かしいフォーク・ソングが流れてきた。

フロントガラスに映る森の緑と空の青に、とてもよく似合う。

If you miss the train I'm on
You will know that I am gone
You can hear the whistle blow
A hundred miles
A hundred miles, A hundred miles
A hundred miles, A hundred miles
You can hear the whistle blow
A hundred miles

ピーター・ポール＆マリーというグループの唄う、「五百マイルも離れて」。
石神井のアパートで家族がともに暮らしていた遠い昔、中学生だった上の兄がよく口ずさんでいた。虚飾のかけらもない、たとえば吹きすぎる風のような歌声は、貧しいが清らかだった時代を思い起こさせた。
耳が覚えていた歌詞を、安男は小声で唄った。

Lord, I'm one, Lord, I'm two
Lord, I'm three, Lord, I'm four
Lord, I'm five hundred miles
From my home
Five hundred miles, five hundred miles
Five hundred miles, five hundred miles
Lord, I'm five hundred miles
From my home

「この歌、高男がよく唄ってた……」

うわごとのように母が呟いた。流行歌になど何の興味も示さぬ母だが、兄の歌声を覚えていたのだろう。

「うちはみんな音痴なのに、兄貴だけはそうじゃなかったな」

「おとうちゃんに似たのよ、そこだけ」

「へえ。おやじ、歌なんか唄ったのか」

「上手だったよ。酔っ払うといつも軍歌を唄い出した。いい声だった」

「兄貴、今でもギターを弾いてる。部長さんがギターを抱えてフォーク・ソングを唄うって、時代も変わったもんだな」

「そうそう。おかあちゃんがギターを買ってやろうとしたら、高いからいいよって」

「あれ、じゃあどうして持ってたの」

「誕生日にね、小林さんが買ってくれたのよ。知ってるでしょう、小林一也さん」

忘れかけていた男の顔を思い出す前に、「小林一也」という字を思い出した。字面《じづら》にぴったりの、実直で物腰のやさしい男だった。

フロントガラスに翻る木立の中に、ようやく小林の顔が甦《よみがえ》った。

「なあ、おふくろ。縁起でもないこと聞くけど、もし万が一のことがあったら小林さんには連絡するのか」

「まさか。もう三十年も昔の人じゃないの」

三十年も昔に別れた男、というふうに聞こえた。

ほんのひとときだが、母は小林一也とそういう関係だったのだと思う。いくつも齢下の、同じ保険会社の外交員だった。母は四十ぐらい、小林は三十を少し出たほどだったろうか。確かな年齢は知らない。

しばらく考えるふうをしてから、母は淋しげに呟いた。

「北海道に帰って結婚したっていうけど、何してるのかねえ」

「便りは、ないの？」

「いっときは札幌の支社にいたのよ。でも、その後とんと音沙汰はなくなったから、会社はやめたんだろうね」

思い出したことがある。なぜ「コバヤシ」という名前より先に「小林一也」という字面を思いついたのか、その理由がわかった。

クリスマス・イブだった。小林は四人の子供らへのプレゼントを両手いっぱいに抱えて、石神井のアパートにやってきた。母が一緒だったか、小林がひとりで唐突に訪れたのかは覚えていない。

小林が母にとって会社の同僚という以上の特別な存在であることに、安男はうすうす感付いていた。末っ子の安男が気付いていたのだから、兄たちははっきりと認識していたのだろう。

それでも小林は誰からも忌避されることなく、まるで手帳にきちんとそう書かれているかのように、土曜の夜には石神井のアパートにやってきて食卓を囲み、最終のバスで帰って行った。

クリスマス・イブに安男がもらったプレゼントは、革のグローブだった。兄たちが何を贈られたのかは記憶にないが、合計すればたいそうな金額だったろう。所得と物価とのバランスは、今とは較べものにならない貧しい時代のことだ。

その夜、安男は母に連れられて小林を見送った。考えてみれば野暮な話だが、プレゼントが嬉しくて、バス停までついて行ってしまったのだった。

小林は酔っていた。バス停の街灯の下で、小林は使い古した革の手帳を取り出し、街灯の光に晒《さら》しながら名前を書いたのだった。

まず「小林一也」と書き、それに並べて「城所一也」と書いた。

どっちがいい、ヤッちゃん、と小林は訊ねた。

母は一緒に手帳を覗きこんでいたと思う。安男にはさっぱり意味がわからなかったが、たぶん小林はそのとき、母に求婚したのだろう。

冗談めかして、母は拒否をした。だめよ、小林さん――そんな一言だったと思う。

手帳に書かれた名前の意味がわかったのはずっと後年のことだが、「小林一也」という字面だけは、ずっと安男の胸に刻みこまれていた。

「なあ、おかあちゃん。つまんないこと、訊いていいかな。どうしても知りたいことなんだけど」

「なあに？」

つまらないことだと思う。だがそれを知らなければ、母の苦労はわかるまい。

「おかあちゃんは、小林さんとどこで会ってたの？」

「どこって、会社さ。齢は若いけど、大学出の班長さんだもの」

「そうじゃないよ。いったいどこでデートしてたのかって――つまらないことだけど」

「やだねえ、この子は」

母は少女のようにはにかんだ。

「そんなこと聞いて、どうするのさ」

「どうもしやしない。俺もあのころのおふくろと同じ齢になった。気になるんだな、そういうことが」

「やらしいねえ、ヤッちゃん」

母は力なく笑い、笑いがとぎれると妙に真面目な声で答えた。

「小林さんのアパート。野方にあったの」

「ああ、そう――」

安男は衝撃を受けた。その回答で、母の苦労と小林の人となりとが、すべてわかってしまった。

「あの時分は、土曜日は半ドンだったろう。だから土曜の午後だけ、二人きりになったの。ごめんね、ヤッちゃん。こんなこと、おにいちゃんたちには黙っててよ」

土曜の午後、母と小林はつかのま愛し合った。そしてその夕方には四人の子らの待つ石神井のアパートで、食卓を囲んだのだ。

母はおそらく生涯に二度きりの恋愛のひとつを、そんな不自由な形で消費してしまった。それはいいとしよう。いかにも母らしい話だと納得することもできる。だが、その不自由な恋愛に甘んじた小林は、どうだ。

土曜日の夕方、母と連れ立って石神井にやってきた小林の明るい声が甦った。

(タカちゃん、ユウコ、ヒデ坊、ヤッちゃん――)

母が呼ぶ通りの子供らの名前を、小林はまるで儀礼のように口にしながらアパートのドアを開けた。声は高く明るく、朗らかだった。いや、儀礼ではない。たとえば聖書を唱えるように、経文を誦《ず》すように、小林は祈りをこめて恋人の子らの名を呼んだのだろう。

黒縁のメガネの奥の、いつも睡たげに見える二重瞼が思い出された。ワイシャツの目にしみる白さも、ポマードの匂いも、くわえ煙草の香りも。

「おかあちゃん。小林さんて、いい人だったな」

「ああ、いい人だった。神様みたいな人」

「どうして一緒にならなかったの」

言ってしまってから、これは愚問だと思った。ただほんの少し小林の立場になって、母を責めた。

「おやじに操を立てた、ってことか」

「ちがうよ、ヤッちゃん。それはちがう」

「どうちがうの。聞かせてよ」

母は言い淀んだ。嘘のつけぬ母にとって、この表現は難しい。

「どう言ったらいいんだろう。そうね、人間が神様と一緒になっちゃいけない。きれいごとに聞こえるかもしれないけど、ほんとにそう思った」

「ということは、おかあちゃんも小林さんのことが好きだったわけだ」

「そりゃ、まあね」

ルームミラーの中で、母は少し照れた。窓ごしの木立の影が、母の白い顔を斑《まだ》らに染めて過ぎる。風は高原の匂いがした。

「おとうちゃんの願いはおまえたちの幸福だろうし、小林さんはそれを叶えてくれる人だと思ったよ。おとうちゃんがあの世から応援してくれてるとも思った。言いわけじゃなくって、ほんとにそう思ったわ。小林さんて人は、そのくらい真面目で、誠実で、おかあちゃんとおまえたちのことを真剣に考えてくれていた」

「そうすればよかったのに。小林さんと一緒になれば」

「いまさらあとのまつりさ」

母は溜息をついて顔をそむけた。あとのまつり、という言い方には、ずっと母を苛《さいな》んできた悔恨が感じられた。

「おまえ、覚えてるかい。クリスマスプレゼントをもらった晩のこと」

安男は答えなかった。忘れたふりをして母の話を聞きたかった。

「たしか、おまえだったと思うんだけど。バス停まで小林さんを送りに行って――」

「俺だよ」

と、安男はいたたまれずに呟いた。母の言おうとすることがわかってしまった。

「覚えてるかい」

「送って行ったことはね。ぼんやりと覚えてる」

「子供だったんだねえ――」

と、母はまるできのうの記憶を思い返すように微笑んだ。

「あのとき、小林さんは街灯の下で手帳を開いてね、『城所一也』って名前を書いたの。いい名前だなって、自分で褒めてた」

「ふうん。何だよ、それ。そんなことあったたっけ」

その瞬間、母は決心したのだろう。小林のやさしさは、母の器から溢れてしまったのだ。

「だってさ……」

母の声がふいに涙に霞んだ。

「もういいよ、おかあちゃん。わかった」

「だってさ……」

「もういいって。やめろよ」

「ほんとに、神様みたいな人だったんだ。初めはおかあちゃんのことを気の毒に思ってくれて、実績をつけてくれたり、経費を何でも落としてくれたりしてたの。おかあちゃん、甘えちゃった」

恋の理由はそればかりではないと思う。母は美しかった。

「野方のアパートで二人きりになるたびにね、何度も言われた。もっと面倒を見させてくれって。城所さんや子供らを幸せにしたいんじゃないよ、僕がそうしたいんだ、そうすることが僕の幸せなんだって。おかあちゃんが笑ってごまかそうとするとね、いつも拳を握りしめて、悔やし泣きをした」

「悔やし泣き、か――」

「どうして、なぜ、って言われた。そんなこと言われたってねえ」

「どうして、って、俺も言いたいけど」

「ばか」

と母は鼻で嗤《わら》った。

「おまえたちの立場を考えたわけじゃないよ。おかあちゃん、あのころ大変だったし、その先ももっともっと大変になるのはわかってたからね。大好きな小林さんに、そんな大荷物を担いでもらうわけにはいかなかった」

母はどうしてこんなに潔いのだろうと、安男は思った。恋をしても、貧乏をしても、心臓が今にも止まりそうになっても、まるで馬上の風に吹かれるように、いつも背中が伸びている。

「ありがたかった」

ぽつりと母は言った。さまざまの懊悩《おうのう》や逡巡のうちに、母が真冬のバス停の街灯の下で思いついた結論は、その一言だったのだろう。

「ありがたくて、涙が出たよ。北海道の家は牧場だったの」

「ああ、それは聞いたことがあるな。来年の夏休みにはみんなを連れて行ってやるって言ってた。実現しなかったけど」

「わかるだろ。城所一也になるってことは、そんな立派な家を捨てても、私らと苦労をしてくれるってことさ。おまえたちの苗字を変えずに、自分の苗字を捨ててくれるってことさ。三十年生きてきた自分の人生をみんな捨てて、そのかわりにおかあちゃんの人生を背負ってくれるってことだよ。そんな決心までされて、甘えることができると思う?」

やはり小林のやさしさは、母の器から溢れ出てしまったのだ。

「世の中には神も仏もいないけど、神様みたいな人はいるものさ。ねえ、ヤッちゃん。おまえも苦労をして、そういう人に会ったろう」

「会ってねえよ」

安男は吐き棄てるように言った。

「そのうち現われるさ。まだまだ苦労が足らないんだ」

自分のことに言葉を振られて、安男は身をかわした。

「で——あれから小林さん、どうしたの。急にうちには来なくなったけど」

「だから、ごめんなさいをしたのよ。もうけっこう、もうたくさんって」

「別れた、ってことか」

「まあ、そういうこと。そしたら小林さん、いきなり転勤願いを出しちゃった」

誠実な上に一本気な男だったのだろう。あいまいな関係を、小林は潔しとはしなかったのだ。

「牧場、やってるのかな」

高原の道の行く手に、安男は緑なす牧場のまぼろしを見た。小林は六十を過ぎて、達者ならば孫もいるのだろう。自分らの父になりそこねた神は、北の大地でいったいどんな暮らしをしているのだろうか。

転勤の日、職場の同僚たちで羽田空港まで見送りに行ったと、母は悲しそうに言った。

「ちょうど三月の異動の時期でね。空港のロビーには同じようなグループがいっぱいいたっけ。昔はそんなふうに、転勤する人をみんなで送ったのよ。情のある時代だったよねえ」

「誰も、知らなかったの？」

「何を」

「二人のことをさ」

「もちろん。気をつけていたもの。誰も知らなかった。だあれも」

秘密はむしろ淋しいことだったのかもしれない。母はきっと、職場の人たちにまぎれて笑顔を送り、涙をこらえて万歳をしたのだろう。

「ひとことだけ、耳打ちしてくれた。おみやげ屋さんの棚の隅でね。何て言ったと思う？」

「さあ――」

「僕は、心の底から城所さんを好きだったんです。好きで好きでたまらなかったって」

ルームミラーの中の母の顔は、もう照れてはいなかった。別れの一言一句を、母は正確に記憶しているようだった。たぶんその言葉は、神の遺言として母の人生を支え続けてきたのだろう。

「こうも言ってくれた——初めて男と女になったとき、決めていたんだ。責任を持って、あなたと、あなたのすべてを愛そう、と。だから城所さん、誤解しないで下さい。僕は何ひとつ無理はしていない。当然のことをしようとしただけです。ごめんなさい、かえって迷惑かけちゃいました。がんばって下さい——」

「泣かせるな。いい人だ」

「それからずっと、おかあちゃんが周りを気にしてハラハラするぐらい、ずっと頭を下げていてくれた。ごめんなさい、って、何べんも言いながら」

そのとき、小林は詫びたのではなく、祈っていたのだろう。誠実な司祭の祈りは母の体を貫いて、四人の子供らの未来に向けられていたのだと思う。

「俺、会いに行ってみようかな。北海道まで」

「やめて」

それきり母は口を噤んでしまった。

14

If you miss the train I'm on
You will know that I am gone
You can hear the whistle blow
A hundred miles
A hundred miles, A hundred miles
A hundred miles, A hundred miles
You can hear the whistle blow
A hundred miles

学問がないから、歌詞の意味はわからない。

だが、口にするだけで心地のよい歌だった。

「まいったな。頭の中でグルグル回っちまって離れない」

「そういうことって、あるよね。わかるわかる」

潮風に目を細めながら、母は安男の膝の中で言った。

長い時間をかけて、ともかく鴨浦にたどりついた。百マイルを走り切った。

「それにしてもまあ、場ちがいな病院だこと。頼もしいねえ」

毛布にくるまったまま、母は安男の腕の中で振り返った。渚にそびえ立つサン・マルコ記念病院は、まるで場所を選ばずに突然舞い下りた巨鳥のようだ。

実のところ安男は、松林の中の古びたサナトリウムを想像していた。山道を下って、いかにもひなびた漁村という感じの鴨浦の町に入ったとき、その想像はほとんど確信になっていた。

しかし、海岸通りを一キロも走った町はずれに、大学病院もかくやはと思えるほどの立派な建物が、突然蜃気楼のように立ち上がったのだった。安男と母が同時に歓喜の声を上げたのは、青空を背にしたその白亜の病院が、まったく天国の城郭に見えたからだった。

病院に入る前に海が見たいと、母は言った。二度と再び触れることができないかもしれぬ大地を踏み、風に吹かれたいと、心から希《ねが》ったのだろう。

河口に突き出た堤防のきわに車を止め、母を背負って歩いた。

突端で母を赤児のように抱きすくめて座った。毛布で襟元をくるみ、陽の傾きかけた海原を眺めた。

「がんばったな、おかあちゃん。もう大丈夫だ」

膝の間にすっぽりと納まるほど、母は小さくなっていた。

「どうだか。切れるのか切れないのか、切ってもうまくいくかどうか――」

「大丈夫だって。もしだめなら、ここに来るまでにどうかなってるはずだ」

「それもそうだけど――」

四十年の旅の末に、やっとここまでたどりついたような気がしてならなかった。それは自分が母という女とつき合い始めてからの、長い道のりだ。

渚にそびえる白亜の病院を見つめるうちに、また涙がこぼれそうになって、安男は沖を見ながら母の耳元で唄った。

母はまるで子守歌でも聴くように、安男の腕の中で力なく首を傾げ、体を支える膝頭を叩いて拍子を取った。

「イフ・ユー・ミー・ザ・トレーナー・モー……」

「やっぱ、名前が悪いんだ。高男、優子、秀男ときて、安男はねえだろう。いくら何だって」

「そんなことないさ。まだまだゴールは遠いわ」

「落ちこぼれた。兄貴たちのペースについてけなかった」

「ドロップ・アウト、って？」

「バカだよなあ、俺。ひとりだけドロップ・アウトした」

義兄の秋元を殴ったときの拳の感触を、安男はありありと思い出した。

「バカだって、怒るときは怒るよ。我慢してるだけだ」

「おまえはバカだけど、とっても気がいい。怒らないものね、何があっても」

安男の膝を確かめるように掌でくるんで、母はくすっと笑った。

「怒ってみて。ヤッちゃんの怒った顔って、おかあちゃん、見たことない」

「つまらないこと言うなよ。怒るぞ」

「白いきれをめくって、会うんじゃないのかね」

「会えるよ。俺がちゃんと会わせてやるから」

「また会えるといいね。みんなに」

「知るか。兄貴が見舞いに来たら聞いてみな」

「どういう意味？」

「文句はおとうちゃんに言いな。きっとそれなりの意味はあるんだろ」

安らかとか、安んずるとか、安心とか安全とか安楽とか、決して悪い言葉ではないのだろう。むしろ自分の性格をよく表わしているような気もする。もしかしたら、これも一種の名前負けかもしれないと安男は思った。

風はさほど強くはないが、九月の波は高かった。

「そろそろ行こうか。体が冷えるよ」

「もうちょっと。お日様が気持ちいい」

遮るもののない太陽が、堤防を真白に灼いていた。

「夕陽が見たいけど、まだ時間がかかりそうね」

「だめだよ、行こう」

「もういっぺん、唄ってよ」

母はきっと、家族が仲むつまじく暮らし、小林が精いっぱいの愛で支えてくれたあの時代を、歌の中に思いうかべているのだろう。その苦難の日々が母にとって最も幸福な時代だったのだと思うと、安男はやり切れない気持ちになった。

母にとっての幸福は、「希望」そのものだった。希望が叶えた幸福は実は母の幸福ではなく、希望にすがって生きていたあのころが、母にとって最も幸福な時代だったのだ。

育ててもらったのだと、安男は思った。

「おかあちゃん……」

「なに?」

「欲は言わない。あと五年、生きて下さい。お願いします」

母は肯いてくれなかった。

「欲ばりだよ、そんなの」

「俺、もう何も言わないから。何も欲しくないから。あと五年生きてくれたら、俺、おかあちゃんと一緒に死んでもいいから」

「いい若い者が、何を言ってるんだい」

「もう、疲れた。俺の方が死にたい気分だよ」

百マイルを走りおえたとたん、支えが折れてしまった。胸の中ががらっぽになってしまった。

「唄ってよ、早く」

鼻をすすり上げて、安男は唄いだした。

「イフ・ユー・ミー・ザ・トレーナー・モー・ユー・ウィルノー・ザ・アイアム・ゴー……」

ふいに波の砕け散るテトラポッドから、髭面の釣り人がはい上がってきた。ランニング・シャツの隆々たる肩が真赤に灼けている。安男は唄うのをやめた。

釣人は訝しげに二人を見つめ、仁王立ちに立ちはだかって釣竿の先を安男に向けた。
「おまえな、さっきから聞いてりゃ、ぜんぜんちがうんだよ。頭にきた」
地元の漁師だろうか。バミューダ・ショーツから抜き出た太腿《ふともも》はたくましく、剛毛に被われていた。釣人の影が太陽を遮った。
「大きなお世話です」
母を抱えて立ち上がろうとする安男の肩を、釣竿の穂先が叩く。
「いいか、イフ・ユー・ミー、じゃない。イフ・ユー・ミス。わかるか。ザ・トレーナー・モー、ってなんだ。それは、ザ・トレイン・アイム・オン」
どうやら漁師ではないらしい。発音は妙に垢抜《あかぬ》けている。男は釣竿の先を振りながら、突然大声で唄い始めた。
「If you miss the train I'm on
You will know that I am gone
You can hear the whistle blow
A hundred miles――どうした、唄えよ、ほら」
怪しむより先に、唇が動いてしまった。
「If you miss the train I'm on
You will know that I am gone

You can hear the whistle blow
A hundred miles——」
一節を唄いおえると、男は「グーッド」と言ってにこやかに安男の肩を叩いた。
「あの、すみません。ついでに歌詞の意味を教えてもらえますか」
「おお、いい質問だ。とかく日本人は意味も知らずに横文字を口にするね。まことに愚かしい。おかげで俺は、一年に三台もテレビをノックアウトする。ゆうべも買ったばかりのハイビジョンを、粉々にしてしまった」
「はあ……」
男は満面の無精髭をなで回しながら、気味の悪いほどの猫なで声で歌詞を吟じた。
「もしもあなたが汽車に乗り遅れたら
私は行ってしまったと思って
汽笛が聞こえるでしょう
百マイルの彼方から
百マイル、百マイル、百マイル、百マイル
ほら、汽笛が聞こえるでしょう
百マイルの彼方から……」
言いおえると、男はぶ厚い唇をきつく結んで、安男の目を見た。

「百マイル、ごくろうさん。サン・マルコ病院の、曽我です」

挨拶は忘れた。言葉を返すかわりに、安男は両掌で顔を被い、声を上げて泣いた。

この人が、おかあちゃんを助けてくれる。世界中の誰も救うことのできないおかあちゃんの命を、この人が助けてくれる。

百マイルの道の涯《はて》に、この人はおかあちゃんを待っていてくれた。

「どうして救急車を頼まなかったんだね。無茶だよ」

泣きじゃくる安男のかわりに、母が答えた。

「この子、頑固なんです。意地になって……」

「おまえの意地で親を殺したら、どうするつもりだったんだ」

自分はいったい何を考えていたのだろう。安男は説諭される少年のように、自分の無茶な行いを悔やんだ。

「おかあちゃんは……母は、どうせここまで持たないと思ったんです。だったら……消毒の匂いのする救急車なんかより……」

「倅の運転する車の中で、倅の匂いのする毛布にくるまって、めでたく心停止、と」

「すみません」

いいや、と曽我真太郎は力強い声で言った。

「俺は、おまえがたかだかの金をけちったのかと思った。こっちの車を出そうとしたら、もう向こうを勝手に出発しちまったと言うからね。それも自前のワゴンで。だが、たいしたもんだ。そこのテトラポッドでおまえとおふくろさんの話を立ち聞きしていた。偶然とはいえ、耳に入っちまったんだ——おまえ、男だな」

いいながら曽我医師は、母の前に屈みこんで、たくましい背中を向けた。

「どうぞ。ここからは俺が搬送しますよ」

「そんな……」

母はとまどった。

「あんたの倅は百マイルをつっ走って、もう力が尽き果てた。見てごらんなさい、クジラの腹から救け出された漁師みたいだ」

きっとそんな顔をしているのだろう。たしかに精も根も尽き果ててしまっていた。

軽々と母を背負うと、曽我は戦士のように堤防を歩き出した。

「竿とクーラー、持ってこい。あわてるな、もうおふくろの心臓は止まらない」

安男は釣り道具を抱えて曽我の後を追った。輝かしい光の道を、大きな背中が母を背負って歩いて行く。渚にそびえ立つ、堅固な砦をめざして。

これは夢だと安男は思った。いくら急いでも、曽我と母の後ろ姿は遠のいて行くようだ。

「先生！　——おかあちゃんは、母は……」

「何だ！　はっきり言え」

「おかあちゃんの心臓は——」

「もう止まらないって言ったろう！」

「ほんとですか。どうしてわかるんですか！」

「百マイルを走ってきたおまえに、他の答えが言えるか、ばかやろう！」

曽我の声は百マイルの彼方から聞こえる汽笛のように、安男の胸を打った。

「いいか、俺が背負っているのは、もうおまえのおふくろじゃない。俺の前で二度とおかあちゃんなどと呼ぶな」

ようやく曽我に追いついて、安男は息を上げながら訊ねた。

「どういうことですか」

曽我は立ち止まって空を見上げた。爆音が聴こえる。岬の山かげから、ヘリコプターが姿を現わした。

「きょうは俺のおふくろが二人もいっぺんにやってくる。見ろ、あいつは五百マイルも先から飛んできた」

母は曽我のうなじに顔を預けて、きつく目を閉じていた。

「ヤッちゃん。先生はね、患者さんをみんな肉親だと思ってくれるのよ」

「くせえ。はっきり言うなよ、おふくろ」

と唸るように呟いて、曽我はまた大股で歩き出した。

「くさいが、こればかりは仕方がない。そう思わなければファイトは湧かん。ファイト、ファイト。ともかく全力は尽くす。その結果試合終了《ノーサイド》になっても、俺のせいにするなよ」

ヘリコプターは病棟の脇の草原に、砂を巻き上げて着陸した。

修道尼のなりをした看護婦が、長い純白の衣の裾を翻して走ってくる。

「ドクター！ ドクター！」

「おう、わかってる。こっちもご到着だ！ ストレッチャーを用意しろ。ニトロ静注！ ノルアド、カルシウム、ジアゼパムも！」

車の脇まで走ってドアを開け、藤本医師から托されたデータを手にとろうとしたとたん、安男は崩れ落ちるように膝をついた。腰が摧けてしまった。

曽我の濁声《だみごえ》が遠ざかって行く。

「あの付き添いを何とかしろ。あっちの心臓が止まるかもしれん。空いてるベッドに運んで、点滴しとけ」

天国までの百マイルを走った。

灼けた砂の上に仰向いて、安男は空いっぱいの深呼吸をした。

もう何も見えず、何も聴こえない。

百マイルを走った。意地ではない。誰に恨みがあるわけでもない。この方法が正しいと信じていた。これしかないと。

ノーサイドでもいいじゃないか。ともかくあのフォワードに、おふくろの心臓を投げ渡した。

安男は地べたを転げ回って、砂を両手に摑み、大地を呑みこむように口いっぱいに詰めこんだ。

看護婦の足音が近付いてきた。遠い声がする。

「あらまあ、鎮静剤《ジアゼパム》はこっちだわ――ストレッチャー持ってきて！」

純白の僧衣を着た看護婦は、大声とはうらはらな微笑をたたえながら安男の頭を抱き起こしてくれた。聖母のような笑顔だ。

「たすけて」

と、安男は白衣の腕にすがりついた。

「大丈夫、安心なさい」

「たすけて、おかあちゃんを、たすけて」

「わかってます。曽我先生を信じて下さい」

「たすけて、たすけて」

砂を蹴りながら、安男はそればかりを百回も言った。

「ドクター・ソガは世界一の心臓外科医です。神から奇跡の手を授けられました。もう大丈夫、落ち着きなさい」

神の手――ゴッド・ハンド。その言葉は鎮静剤だった。

「信じて、いいですか」

「信じるほかはないでしょう。そういう祈りだけが、天に届きます。信じなさい」

埃《ほこり》だらけのワゴン車は、タイヤのすきまからいまだ冷めきらぬ熱を吐き出していた。

「オープン・ユア・ハート。落ち着いて」

「オープン・ユア・ハート？」

「そう。曽我先生の口癖です。オペの前にも、奇跡の手を拡げて必ずそうおっしゃいます。眠り続ける患者さんに向かって、オープン・ユア・ハート、って」

心が鎮まると、潮騒が耳に迫った。

光を喪った太陽が、岬の上に柿色の姿を沈めようとしている。

オープン・ユア・ハート。

もういちど呟くと、その言葉はふしぎな呪文のように、安男の体から力という力を奪い去った。

15

まどろみから目覚め、ぼんやりと処置室の白い天井を見つめていると、看護婦が黙ってベッドの背もたれを起こしてくれた。

栄養剤の点滴はもうじき終わる。

「いい景色ですね。まるでイメージ・ビデオだ」

白波の打ち寄せる浜辺が、遥かな岬まで続いていた。昏れなずむ水平線に漁火《いさりび》が揺らぐ。不確かな季節の、不確かな時間だった。

「病室はぜんぶオーシャン・ビューです。窓からの眺めだって、薬なんですよ。ここでは」

素顔の看護婦は笑みを絶やさない。ワゴンの上の薬品を整える横顔がすっぽりと窓枠に嵌《は》まると、まるで静かな絵のようだった。

「ここの看護婦さんは、みんなクリスチャンなんですか」

「そんなはずないでしょう。看護婦はただでさえ手不足なんですから。白衣がこういう形をしているだけです。いちおう、カトリックの病院ですからね」

自分の家もれっきとした日蓮宗の檀家なのだと、若い看護婦は笑いながら話した。

「うちのお寺の和尚さんも入院してるんですよ。バイパス手術をして、ただいまリハビリ中」

看護婦には純白の僧衣がよく似合った。

点滴のせいだろうか、体の芯が湯に浸ったように温かく、心地よかった。

「おふくろは？」

「もう病棟に入られましたよ。さっそく曽我先生とスタッフのドクターで作戦会議を始めました」

洒落のつもりなのだろうが、作戦会議という言葉はいかにも曽我医師にふさわしいと安男は思った。

「俺、どうしちまったんだろう。おふくろを曽我先生に渡したところまでは覚えてるんだけど……」

クスッ、と看護婦は笑った。

「大変だったんですよ、城所さん」

「え？　――大変だったって、どう」

「ちょっと興奮しちゃったみたいですね。おとなしくなったなと思ったら、今度は貧血起こしちゃって」

いったいどのようないきさつで自分がこうしているのか、記憶はさだかではない。母を曽我医師に託したとたん、わけがわからなくなった。

「ご気分は？」

「とてもいい気持ちです。あの、看護婦さん、いちおう念のためにお訊きしますけど、ここは天国じゃないですよね」

案外と陽気な性格らしい看護婦は、また声を立てて笑った。

「ちがいますよォ、サン・マルコ記念病院の外来処置室です。受付時間はもう終わりましたけど」

もしや、と真面目に考えてしまったほど快かった。六十キロという肉体の重みが、まるで感じられなかった。肉体が滅びて魂だけが残れば、たぶんこんな気分なのだろうと思う。

「薬が効いてるのかな」

「さあ」と、看護婦は首を傾げた。

「ドクター・ソガの説によると、てきめんに効く薬なんて世の中にないそうです。効果が現われるのは、薬の力を借りて体が良い方向に変わるからで——つまり患者さんに生きる意志がなければ薬は何も効かないってこと」

天国ではないにしろ、ここはふつうの病院とはちがう。言語も習慣も法律も道徳もちがう異国の病院だと、安男は思った。

「ただのブドウ糖ですよ」

と、看護婦は点滴の針を抜きながら言った。

「ああ、それから——気分が良くなったら歯科に回って下さいって、曽我先生が」

「シカ？」

「歯ですよ、歯」

と、看護婦は真白な前歯に指先を添えた。

「いえ、けっこうです。それどころじゃないから」

「だめだめ。前歯が欠けていると運が逃げるって、曽我先生は意外にそういうことを気になさるんです」

安男は思わず唇をきつく結んだ。欠けたままの前歯のことなど、ずっと忘れていた。それはまさしく運が尽きたように、不渡り手形と同時に喪われたのだった。治療をせずに放っておいた虫歯がぽろりと欠け落ちたのは、資金ぐりに奔走して何キロも痩せたからにちがいなかった。かろうじてそれを支えていた歯茎までが痩せたのだ。

「カッコ悪いですよ、前歯は」

「はあ……」

格好の悪いことは百も承知だが、長い間それを治す気力も、金の余裕もなかった。

「でも、もう時間が――」

「それならご心配なく。救急センターの歯科医が常駐しています。歯が痛いのって、辛いですからね」

安男の背を扶《たす》け起こしながら、看護婦はふしぎなくらい的確に患者の不安を読み取った。

「それから、治療代のこともご心配なく。ここの歯科は自費負担の上等な歯なんて入れてくれませんから。保険証は持ってますよね」

「あの、看護婦さん。そんなことより、おふくろは――」

「ですから、あなたの歯もね、おかあさんの治療のうちなんですよ。これはドクター・ソガからの命令です。はい、いいですか、廊下をまっすぐに行って、救急センターは別病棟。受付で名前をおっしゃって下さい。きょうの当直は、ええと……」

病院の案内図を安男の手に押しつけると、看護婦は手帳を開いた。

「長田《おさだ》先生。ヒゲチョウって、この病院の名物ですよ。アメリカン・フットボールの選手でね、留学中にプロになるか歯医者になるかって、さんざ悩んだそうです」

「……痛そうですね、なんだか」

「さあ。でも、痛くたって死にゃしませんよ」

ためらう安男の手を引いて、看護婦は灯りの落ちた廊下に出た。海の底のように静まり返った薄闇に、チェロの無伴奏曲が流れていた。

「逃げちゃだめよ、城所さん」

暗い水面に舟を送り出すように、看護婦はそう言って安男の背を押した。


海の匂いのする、温かな闇。耳を澄ませばチェロの音色とともに潮騒が聴こえた。まるで遥かな沖合に浮かぶ小舟の上で、天使がそれを奏でているようだ。

白く長い廊下をたどりながら、やはりこれは夢なのではないかと安男は思った。

病院にはつきものの冷ややかな空気が、どこにも感じられない。歩きながらあちこちを見渡し、いったいどこがちがうのだろうと考えても、あたりをしっとりと被う温かさのみなもとはわからなかった。

母はどこに行ってしまったのだろう。

この見知らぬ国の砦のような建物のどこかで、疲れ果てた心臓を休めているのにはちがいないが。

広いエレベーター・ホールに立って、壁に掲げられた案内図を見る。それにしても立派な病院だ。七階建の本病棟に、付属の建物が三つ。母は二階の心臓外科にいるのだろうか、それともとりあえずは渡り廊下の先の救急救命センターに収容されたのだろうか。

エレベーターから年配の看護婦が出てきて、安男に微笑みかけた。小さな体を包んでいるのは水色の僧衣で、これはもしかしたら本物の尼僧かもしれない。

「どちらへ？」

厚い眼鏡を輝かせて、小さな看護婦は安男を見上げた。

「母が——先ほど入院したのですが、どこにいるのかわからなくて」

「お名前は？」

と、看護婦はまさしく尼僧のように穏やかな声で訊ねた。

「城所です。城所きぬ江」

「はいはい。城所さんならさっそく検査に入ってます。息子さんが東京からおかあさまを乗せて走っていらしたって、あなたですか」

どうやら自分の暴挙は病院内の噂になっているらしい。しかし老看護婦の口調には安男を責めるふうがなかった。

「勝手なことをしました」

安男は頭を下げた。自分の行為が周囲からどのように見られているのかはわからない。だが常識にかからぬことにはちがいあるまい。

「勝手なこと、ですって？　――ご立派ですよ。あなたはおかあさまの命を運んでいらした」

看護婦はもういちどにっこりと笑って胸前に合掌し、片膝を軽く折った。水色の制服の襟元に、銀のクルスが輝いていた。

「つかぬことをお伺いしますけど……看護婦さん、ですよね」

「はい。そうは見えませんか？」

「いや、シスターかと思って……」

この質問にはたぶん慣れているのだろう。老看護婦は用意していたように答えた。

「それもまちがいではありません。でも、心臓外科の婦長です。おかあさまはたしかにお預りしております。どうか、ご安心下さい」

「母は――」

言いかけて唇が凍えた。

手術ができるのかできないのか。生きるのか死ぬのか。愚問にはちがいないが、安男が知りたいのはそれだけだった。

「ご安心なさい。いえ、何も私たちがおかあさまのお命を保証するというわけではありません。でも、あなたは人間としてできうる限りのことをなさった。その結果、主がおかあさまを召されるか、あるいは今少しの命をお許しになられるか――いずれにせよおかあさまはお幸せです。それでよろしいでしょう？」

考えてみれば、到着してからわずか一時間か二時間ばかりの間に、手術の是非など判定できるはずはあるまい。老婦長はおそらく、今このときに能《あた》う限りの言葉で自分を支えようとしている。

その配慮に気付くと、自然に頭が下がった。

「きょうはお泊りになられますね。ご家族専用のアパートがありますから、のちほどナース・ステーションにお越し下さい。救急の歯科は、あちら」

婦長は渡り廊下の闇に指を向けた。

「ああ……それどころじゃないとは思うのですが……」

「ドクター・ソガがおっしゃっていました。まずセガレの歯を入れろ、って。言われた通りになさい。ドクターは天才ですから、ときに変わった指示をなさいますけれど、おっしゃることにまちがいはありません。おかあさまとのご面会は、あすの朝ゆっくりと」

もういちど合掌をして膝を折り、婦長は行ってしまった。

ほんの少しずつ、この浮世ばなれした病院は安男の前に正体を現わし始めていた。

いったい誰が、どんな考えに基づいて運営しているのかは知らない。しかしこの病院は人々が等しくそうと信じている医療の習慣に、いささかも捉われていないのだろう。

サン・マルコ記念病院という名の独立国なのだ。

ホールの片隅に公衆電話があった。そこに日ごろ見慣れた緑色の電話機が置いてあることさえ、何となく場ちがいな感じがする。

ともかく無事に鴨浦までたどり着いたことを、誰に報告しようかと安男は考えた。

兄たち――いや、その必要はあるまい。

別れた妻。大学病院の藤本医師。当面の旅費をめぐんでくれた高利貸の片山。ワゴン車と休暇とを与えてくれた中西。

しかし指先はさほど考える間もなく、マリの電話番号を押していた。ちょうど出勤前の時間だ。スツールに大きな尻を乗せて鏡に向き合い、風船のような顔に厚化粧をしながら受話器を取るマリの姿が目にうかぶ。

〈ハイ、もしもし〉

鼻にかかったマリの声が耳に入ったとたん、安男は繋ぐ言葉を失った。

〈もしもし――ヤッさん？　ヤッさんでしょ〉

マリの声は清らかな水のように安男の胸を満たした。いつでも、どんなときでも、心に安息をもたらしてくれるふしぎな女。

「どうしてわかるんだよ」

〈そりゃあ、わかるわよ。愛してるもの〉

マリはそんな言葉を、照れもせずてらいもせずにさらりと言ってのける。たぶん、男から愛されたためしがないからだろう。だからたとえば題目を唱えるように、勝手気儘な愛の言葉を口にする。

〈ヤッさんが出てってからずっと一日中、電話の前に座ってたのよ〉

本当だと思う。マリはそういう女だ。

「無事に着いたよ。いま、検査をしてる」

〈よかった……どう、そっちの病院〉

「よくわからない。ちょっと変わった病院なんだ」

〈変わってるって、どんなふうに？〉

「一言では言えないね。あんまり薬臭くないんだ。看護婦は尼さんで、ラグビーのフォワードがおふくろの手術をするらしい。ついでに俺の歯はアメフトの選手が治してくれるんだと」

〈あらあら、大丈夫かしら〉

「大丈夫だよ、心配するな」

安男はきっぱりと言った。その一言を待っていたかのように、マリは長い溜息をついた。それから息を取り戻すほどの深呼吸をして、涙に声を曇らせながら言った。

〈ヤッさん。あたし、ヤッさんのこと好きだよ。好きで好きで、もうどうしていいかわからないぐらい。だから、いつも考えてる。お店にいるときも、歩きながらでも、ごはんを食べながらでも、トイレでもおふろでも、夢の中でもね〉

「ありがとう。俺は十分幸せだよ」

〈うそ〉

と、マリは受話器を叱りつけるように言った。

〈そんなはずないじゃない。会社が潰れちゃって、借金まみれになって、奥さんにも子供にもおにいさんたちにも、みんな愛想つかされてさ。それに、あたしはブスでデブだし、お金もないし、それにそれに、ヤッさんあたしのこと好きじゃないでしょ〉

「好きだよ。嫌いな女と二年も一緒にいられるはずないだろ」

〈ヤッさんの嘘つき。そんなの、あたしが一番良く知ってるよ。ヤッさんはまだ奥さんのことを愛してる。奥さんもまだヤッさんのことが好きだよ〉

「いいかげんにしろよ。どうしたんだ、いったい」

〈あたしね、あたし……ねえ、怒らないでくれる、ヤッさん〉

「怒りゃしないよ。何かあったのか」

〈あたし、こないだ奥さんと会ったの〉

安男は鉄の塊を呑みこんだような気分になった。マリが英子と会った。決して出会うことなどあるはずのない二人が会った。今さら会う理由もないはずの二人が会った。

〈怒らないで聞いてくれる〉

答えられなかったのは、冷静に聞く自信がなかったからだ。

諭すように語り始めたマリの声は、潮騒に溶け入るほど静かで、しめやかだった。

16

ヤッさん。あたし、ヤッさんのこと好きだよ。好きで好きで、もうどうしていいかわからないぐらい。

ヤッさんは会社を潰して、お金がなくなって、みんなから嫌われちゃってるけど、あたしは世界中の人がヤッさんを嫌うのと同じぐらい、ヤッさんのこと好きだからね。

愛するっていうのは、その人の幸福を願うことだと思う。だからあたし、いつもいつもヤッさんがどうしたら幸せになるのか、そればかり考えています。

もちろん今のヤッさんに、昔みたいな大きな幸せはあげられない。あたしの力で元通りにしてあげることはできないよ。でも、小さな幸せならあげられる。おふろで背中を洗ってあげたり、耳そうじをしてあげたり、おいしいものを作ったり、ときどき気持ちいいことしてあげたりね。

ごめんね、ヤッさん。あたしにできることって、そのぐらいなの。もう少し若くて美人なら、いくらかは気のきいたことがしてあげられるって思うんだけど、もう若くはないし、ブスだからね。

今はこれで精いっぱい。情けないけど。

自慢じゃないけど若いころには、けっこう売れっ子だったんだ。二十年も前の話だけどね。そうよ、二十年。ほんとの齢を言うと、ヤッさんはきっとビックリするから言わない。デブは老けないの。

そのころ付き合っていた人には、何でもしてあげられた。だからみんな、良くなったよ。良くなって自分の力で歩き始めると、みんなどこかへ行っちゃうんだけど、それでよかった。好きな人が幸せになったんだから、マリも幸せだった。

今のあたしがヤッさんにしてあげられることって何だろうって、ずっとずっと考えてね。それで、奥さんと会うことにしたの。

あ、ごめんね。奥さんじゃなくって、英子さん。

誤解しないでよ、ヤッさん。やきもちなんて、これっぽっちもないからね。そりゃあ、ヤッさんが今でも奥さん、じゃなかった、英子さんのことを愛してるのは知ってます。

いえいえ、ちゃんと知ってるわ。

愛する人と暮らすのが人間の幸せだってことは、マリが一番よく知ってるつもり。だから英子さんにお願いしようと思ったの。ヤッさんのこと。

電話番号は——ごめんね、振込用紙に書いてあったから。

どうすればヤッさんともういっぺんやり直してもらえるのか、あたしの口から何て言えばいいのか、ものすごく考えた。

難しい立場だけどね、何とかしなくちゃならない。だって、そのことができるのは、世界中でマリしかいないって思ったからね。

ファイト、ファイト、ファイト。待ち合わせた新宿の喫茶店に行くまで、ゲンコを振って、ファイト、ファイトって言い続けた。ファイト、ファイト。それしかない。

何を言ったかって？

そりゃあ、ヤッさん。ありのままを言えるわけないじゃないの。

煙草くわえて、斜に構えて、いきなりこう言った。

ヤスオの別れた女房って、あんたァ？

やれやれ、すっかりめかしこんで、いい気なもんだわ。あのね、あんたのそのスーツも、車のガソリン代も、子供の月謝もね、あたしが出してるのよ、あたしが。

よかった時分にはさんざ金を使ってもらったからね、多少の義理は感じてますよ。だからまあ、メシを食わせてやって、パンツの洗濯ぐらいはいたしますよ。でも、そんなふうにして浮かせた給料がそっくりあんたのところへ行くんじゃ、いくらお人好しのあたしだって納得できない。二年ですよ、二年。

その間にムシられた金を、今さらあんたにどうこうしろなんて言いません。ともかくヤスオを、大至急お引き取り下さいな。

あたしが出てけって言ったら、とたんにメシが食えなくなるんだから、送金なんてむりよ。ぜったいむり。だったら方法はひとつしかないでしょうが。元のサヤに収まるしか。

あんたねえ、他人様には何を言ったってかまやしないけど、あたしには何も言えないはずよ。あんたと子供らを、あたしが二年間食わせたのはたしかなんだから。

だから、済んだことはもうしょうがないって言ってるんだ。こっちだって、二年間承知でバカやってたんだからね。

ともかく、引き取って下さい。あのグウタラと復縁して、何とかやって行って下さいな。好き嫌いを言ってる場合じゃないでしょうが。幸いグウタラと言ったって、家族を食わせるだけの甲斐性はあるんだから、あとは本人の食いぶちと小遣ぐらい、あんたがパートに出るなり何なりすりゃいい。家庭内離婚でもいいじゃないの。ともかく、あたしはもうたくさん。あんたがいやだって言ったって、あたしは叩き出すからね。そうなりゃ仕送りだってひとたまりもなくストップするわさ。この際どうするのが得か、よおく考えてみな。

……ヤッさん。怒ってる?

あのね、奥さん、そうするってさ。

ご迷惑おかけしましたって、頭下げてた。

きれいだね、あの人。ブランド物のスーツが、とてもよく似合った。黒いスーツなんて、あたしが着たらただの喪服だもんね。

バカ?

あたし、バカじゃないよ。大好きな人を幸せにすることが、どうしてバカなの?

ごめんね、ヤッさん。お節介だったかな。バカなことじゃないとは思うけど、ちょっとやりすぎかな。

男?

そんなの知らない。そりゃ、あれだけの美人が二年間も独りでいることのほうがおかしいわ。でも、ヤッさんとよりを戻すって約束したんだから、身ぎれいにはするよ。

そのことは聞かないであげて下さい。お願いします。ヤッさんだって二年間、あたしと一緒にいたんだからね。英子さんがその間に何をしたか、どんなことがあったのか、聞かないであげて。

ごめんね、ヤッさん。

ほんとのこと言うとあたし、もうひとつ考えてたことがあるの。ずっと、ずっと。

子供のことよ。前にも言ったと思うけど、あたし、おかあさんがあたしを連れて再婚してね、とたんに死んじゃったの。それで、新しいおとうさんが新しいおかあさんをもらってね、弟たちができた。家族はみんな他人だったの。ひとつ屋根の下に暮らしている家族の誰とも、血のつながりがなかった。

誰にも言ったことないんだけど、聞いてくれるかな。あのね、マリの初めての男は、そのおとうさんだったの。

新しいおかあさんが来てからもね、おとうさんは酔っ払うとあたしのところへやってきた。まりこ、まりこ、って猫なで声を出しながら。

雪は嫌い。大っ嫌い。静かな夜も嫌いよ。あの人のことを思い出すから。

大雪の晩に、してるところを見つかっちゃった。新しいおかあさんにね。めちゃくちゃにぶたれて、家から叩き出された。おかあさんの位牌と、セーラー服と、お金を少しだけ持たせてくれたけどね。

誰にも事情を聞かれたくなかったから、中学校に行って、まっくらな教室で朝を待った。それから、クラスのみんなの机にひとつずつさよならをして、始発の汽車に乗ったの。

遠い昔のことよ。もう二十五年も前の話。

あのね、汽車の窓にもたれて、そのとき考えたことがあるんだ。聞いてくれる？

おとうさんのこと、考えた。どうしておとうさんは、あたしを抱いたのかって。新しいおかあさんが来てからも、ずっとあたしを抱いたのかって。

おとうさんは、おかあさんのことが忘れられなかったんだよ。あたし、似てたから。

そう思いついたとき、あたし、デッキまで走ってね、雪に向かって、ありがとうって言った。さよならじゃなかったです。ありがとう、だった。

すごく嬉しかったんだ。おかあさんのこと大好きだったし、あたし、おかあさんに何もしてあげられなかったでしょ。おとうさんはおかあさんのかわりにあたしを抱いてくれたんだから、ありがとうですよ。

でも——親のない子の淋しさは、よく知ってる。もしも英子さんが死んじゃって、知らない人に育てられたらって考えたら、怖くなったの。ヤッさんによく似た顔の子供がね、もしかしてあたしと同じ目に遭うかもしれないって思ったら、怖くて怖くて、体が震えてきた。

ヤッさんは健康だし、叩いても死なない人だからその点は大丈夫。ずっと子供たちのそばにいてあげられる。

国を出たあの日から、みんなにありがとうって言うことにした。あのころのことを考えたら、何があったって幸せですよ。ありがとうですよ。

幸せをくれた人たちには、ちゃんとありがとうを言わなきゃいけないでしょ。だからね、好きになった男の人には、できるだけのことはしますよ。だァれもあたしのことを好きになってはくれないけど、あたしが好きになったんだから、やっぱりありがとうです。

だって、愛されることは幸せじゃないけど、愛することって、幸せだもんね。毎日、うきうきするもんね。

ヤッさん。英子さんはわがままだけど、許してあげて。愛してるんだから、毎日毎日、ありがとうって言ってあげて。

たくさんキスしてあげてよ。あたしにしてくれたみたいに。毎晩抱いてあげて。あたしにしてくれたみたいに。いいえ、もっともっと、愛してる分だけ。

ヤッさん。あたし、ほんとにヤッさんのこと、好きだよ。たぶん、男の人をこんなに好きになることなんて、もう一生ないと思う。

ごめんね。お節介ばかりで、あたし、何もしてあげられない。

どしたの、ヤッさん。

何か言ってよ。メソメソ泣いてばかりいないで。

やだなあ。ほら、何か言って。

「愛してる」

と、安男は唇を震わせた。

夜の向こうで、マリは息を呑むようにしばらく黙りこくった。

〈いま、何て言ったの、ヤッさん〉

受話器を頬に抱き寄せて、安男はもういちど言った。

「愛してるよ、マリ」

とたんにマリは、うわあと子供のような歓びの声を上げた。

〈ありがとう!〉

「ほんとだよ、マリ。嘘じゃない」

〈そんなのどっちだっていいよ。ありがとう、ヤッさん! あたし、今の一言、一生忘れないからね。うわあ、嬉しい。嬉しいよ、ヤッさん。ありがとう! じゃあね、バイバイ〉

止める間もなく、電話は突然に切れてしまった。

自分の与《あずか》り知らぬところで、いったい何が起こったのだろう。

安男はしばらくの間、受話器を抱いたまま潮騒の中に立っていた。

17

「しかしまあ、ひでえ歯だな。歯医者の口から言うのも何だが、あんた、こりゃいくら何だってひでえよ。そんなに怖いんか、歯医者が──ハイ、口ゆすいで」

鍾馗《しょうき》様のような立派な鬚《ひげ》を生やした歯科医は、物騒な感じさえする濁声《だみごえ》で言う。いくら救急センターの当直とはいえ、腋毛の溢れ出たサーファー・シャツとショート・パンツはいただけない。

「言っとくけど、俺は痛くしねえよ。日本の歯医者は患者に我慢させるけど、アメリカじゃ痛いだけでヤブって言われるからな。だから抜歯だって全身麻酔かけたりするんだ。ご希望なら、そうするけど」

「え、全身麻酔。いいです、いいです。そのほうがよっぽど怖い」

思い出したようにマスクをかけて、歯科医はドリルを使い始めた。太い指が器用に口腔を探る。

「歯医者に限らず、日本の医者は痛いらしいねえ。もっともそのぶん医療費が安いんだから、文句は言えねえか。ハイ、口ゆすいで」

「歯医者さんの留学って、珍しいでしょう」

「留学？　――ああ、俺はちがうんだ。ずっとあっちで育ったの。ダラス、って知ってるか。ジョン・F・ケネディが暗殺されたとこ。そのダラスから百五十マイル離れたところで育ったんだ。おやじは商社マンでね。グリーン・カードを取って、会社を辞めて永住しちまったっていう変わり者さ。歯医者になった理由、教えてやろうか」

ドリルを使う間だけはおしゃべりをやめて欲しいと安男は思った。だが、腕は確かなようだ。

「理由その一。村に歯医者がいなかった。なにせ見渡す限りのコットン・フィールズだもんね。子供はトウモロコシかヒマワリみたいにスクスク育つんだよ。だが、歯医者にかかるにはダラスまで行かなきゃならない。理由その二。おやじがひどい虫歯だった。おい、笑うな。危ないじゃないか――ハイ、口ゆすいで」

一息入れて、歯科医は話を続ける。

「ところが、免許を取って村に帰ったら、いじめっ子のボブが一足先に歯医者になってた。で、俺のおやじの虫歯もきれいに治ってたっていうわけさ。だったらそうと早めに言ってくれれば、俺は迷わずフットボールの選手になっていたんだ。それでニューヨークに行ってグレてたら、ドクター・ソガに呼ばれたってわけ。さあて、この歯だが……あんた、付き添いだって？　こっちに何日いられるの」

狭い診療室の真白な天井を見上げながら、安男は答えに窮した。

「母の心臓を診ていただいているんですが、切れるか切れないか、まだわからないので……」

「ドクター・ソガが呼んだんだろう？」

「呼んだ、というのかな。まあとりあえず来てみろ、ってところでしょうか」

「だったら切るさ」

歯科医はあっけらかんと言った。

「ドクター・ソガはふつうの医者じゃないからな。ゴッド・ハンド。とりあえず来てみろなんて言うはずはない。呼んだからには自信があるんだよ」

仰向いたまま、安男は目を閉じた。おしゃべりな歯科医の雑談だとしても、心強い。

「それ、本当ですか」

「さあ。俺はそう思うけどね。だが、付き添いに歯を入れろっていうのは、つまり、やるぞってことじゃないのか」

「前歯が欠けていると、運が逃げるって……」

歯科医はマスクを顎《あご》の先にずらして、アメリカふうにヒヤッヒヤッと大笑いをした。

「ほうら。もう切るって決めてるからそんなことを言うんだ。だが確かだよ、それは」

「確か、って？」

「前歯がないとダメだよ。いちいち息が抜けて、力が入らない。それに見映えも悪い。私は弱虫か貧乏人かのどちらかでございますって、世間に表明しているようなものさ。そんなやつに――あ、失礼。何もあんたがそのどちらかだって言ってるわけじゃないが――ともかく前歯の欠けている人にだね、いい仕事だとか、いい女とか、その他もろもろのチャンスがめぐってくるわけがない。そうだろ。あんただって前歯のない男に儲け話を持って行くかい。前歯のない女を口説くかい？」

歯茎に沿って虫歯の傷痕を削りおえると、歯科医は何種類かの仮歯をていねいに合わせ始めた。

「いいかい、これはあんたの新しい歯ができるまでの仮の姿だからな。まちがったってバゲットをかじったりするなよ。おふくろさんの手術が終わるまでには、ちゃんと本物を入れてやるから」

さしあたっての心配は――いったいいくらの治療費がかかるのかということだ。

義歯を入れるのはむろん初めての経験で、値段の見当はつかない。

「あの、つかぬことをお伺いしますけど、先生」

「なに、金のこと？」

と、歯科医は仮歯を削りながら言った。

「みっともない話なんですけど――」

みっともないんだ。金がないから歯を入れずにいたんだろう。俺に言わせりゃ、金がないのはちっとも
「……ええ。まったくおっしゃる通りです」

「だろ？　そこで、治療代はどのくらいかかるものかと」

「はい。どのくらい、でしょう」

「心配することないよ。テレビ出演の予定は？」

「は？　……」

「歌手デビューするとか」

「まさか」

「ジュリア・ロバーツとキスをするチャンスは？」

仮歯を押しこみながら、歯科医は勝手な冗談を言い、ひとりで受けた。

「だったら一本一万ドルもするまっしろな歯は必要ないね。五百ドルもあれば十分だろう。だが五百ドルだって貧乏人にとっちゃ大金だ。なあに、おふくろの手術代と一緒にツケときゃいいさ。オーケー、きょうのところはこれでおしまい」

ライトを消すと、歯科医のまばゆい笑顔がまっすぐに安男を見つめていた。

「そのことは、明日にでもご相談しなければと思っていたんですけど。母の病院代のことです」

「ノー・プロブレム。悩むことじゃない」

「でも――」

「ばかにするなよ。この病院は金儲けはしない。そんな根性のドクターはひとりもいない。人間の命を救うこと、傷を癒すこと、痛みを取り除くこと、それだけを考えているんだ。あたりまえじゃないのか、それが」

「何だか、ハリウッド映画のセリフみたいですけど」

安男が笑い返すと、歯科医はグローブのような手を差し出して、握手を求めてきた。

「光栄だよ。それでいいんだ。あたりまえのことだけをしていれば、病院の経営は健全さ。あたりまえのことって、何だか知ってるかい。それは、メル・ギブソンに一万ドルの歯を入れることじゃない。あんたのような男に、五百ドルの歯を入れることさ。つまり――ボブと俺とはそこがちがう」

歯科医の饒舌はうっとうしいが、いつの間にか安男の憂鬱を吹き飛ばしてくれていた。もしかしたら、これも彼の治療のうちなのだろうかと思う。

「いじめっ子のボブは、メル・ギブソンの歯を入れたんですか？」

「まさか。ファン・レターは出したらしいがね。かわりに俺のおやじに、時代おくれの金歯なんか入れやがった。六千ドルだぜ。うちのおやじは商社勤めのコネクションを使って、農園を大成功させたからな。モーテル付きのデンタル・クリニックを開業したボブはすっかり村の名士で、いつもワイアット・アープみたいな三つ揃いの背広を着てるんだ。おやじの金歯の件は、決闘の理由としては十分だと思ったんだが、それもバカバカしいよな。で、キャデラックのリヤ・ウインドウと、前歯一本で勘弁してやった。ボブ、あとは上手に削って金歯を入れとけって——おっと、おしゃべりはこのくらいにしておこう。ともかく俺はボブとはちがう。俺が入れるのは、見せびらかすための歯じゃない、キスするための歯でもない。パンをかじる歯だ。だから、ノー・プロブレム。この病院の会計課には、ちゃんとカウンセラーがいる。心配しなさんな」

小さな診療室から出ると、頬をタオルで冷やした救急患者が待っていた。

本病棟に戻る途中、潮風の吹き抜ける渡り廊下にしばらく佇んで、安男は沖合の漁火を見つめた。

こんなことを考えた。

母の生命の危機がもっと早まっていたとしたら、たとえばめくるめくあの好景気の時代に同じ状況がやってきたとしたら、自分はどんな対応をしただろう。

危険を冒してまで母を救おうとは思わなかったのではなかろうか。兄たちと同じように。末期的な内科治療を選び、何週間か何カ月後かに訪れる確実な死を、ひたすら待ったのではないだろうか。

たぶん、まちがいないと思う。豊かであり幸福であった自分は、いささかの迷いもなく母の命を見限ったはずだ。なぜなら、母の生命はすでに自分の幸福とはかかわりがないから。母はすでに家族ではないから。

死なれれば泣いたと思う。だがおそらく、救おうとしなかったことを悔いはしなかっただろう。いや、救える可能性すら信じようとはせず、これは仕方のないことだった、運命だった、やるべきことはすべてやったのだと、自分自身に言い聞かせただろう。

群青の海と空との境にまたたき続ける漁火が、あやうい母の命に思えた。

自分は今、母を救おうとしている。それは意志ではなく、祈りだ。どんな犠牲を払ってもいいと思う。もちろん、自分の命と引き代えてもかまわない。今すぐにでも。

(それは、ちょっとオーバーじゃないのかな、ヤッちゃん)

耳元で知るはずのない父の声が聴こえた。

(オーバーなもんかよ。貰ったものを返すんだ)

(おかあさんは、返せなどとは言ってないよ。ひとことも)

(誰だって死にたくはないさ。おやじだって、そうだっただろ)

（さあ……）

満月が渡り廊下の石の上に長い影を曳いていた。撫で肩のせいで首が長く見える、やや猫背の影。びっくりするほど父に似ていると、母は言っていた。

（だがね、ヤっちゃん。もしおとうさんが死ぬとき、おまえや高男や優子や秀男が同じことを言ったら、おとうさんは少しも迷わずに答えたよ。ばかなこと言うなよ、って）

（そうかな。ばかなことかな）

（おまえも人の親ならわかるだろう。子供たちがそう言ったら、何て答える。少くとも、有難い助かったとは思うまい）

それはわかる。だが、母の命を救いたいという自分の希いは、けっしてオーバーではない。もし神様が希望を叶えてくれるのならば、今この場で死んでもかまわない。

（なあ、おやじ。ひとつわからないことがあるんだ）

（何だね？）

（良かったころの俺は、おふくろのことなんてこれっぽっちも考えちゃいなかった。たまに女房に小遣を持たせて、様子を見に行かせた。誕生日とか、母の日とか）

（立派なもんじゃないか。忙しかったんだから仕方ないさ）

（忙しくなんかなかったよ。忙しいふりをしてただけさ。ただ――面倒だったんだ）

（それでいい。親を面倒だと思うくらい自立していたんだ。おかあさんはよくわかってたはずだよ。毎朝仏壇に手を合わせて、こう言ってた。やっとみんな一人前になりました、ってな。それでいいんだ。子供に厄介になりたいなんて思わないよ、親は)

(おふくろがどう考えていたかはいいよ。そうじゃなくって、どうして豊かだったころの俺はおふくろのことを考えなくて、貧乏をしてにっちもさっちも行かなくなった今

——)

(それが貧乏の有難さというやつさ。金で買えないものがあるってことを、貧乏人はよく知っている)

安男はドライブ・インの食堂で聞いた母の言葉を思い出した。母はきっぱりと言ったのだ。「幸福はお金で買える」と。

(おふくろは俺に、金持ちになれって言い続けてきた。もしかしたらそれは、金持ちになっておふくろを忘れろっていうことか)

(そうだよ。それでいいんだ。今のおまえは貧乏だから、金で買えないものを知っている。でもそんなことは、おかあさんの本意じゃないさ。貧乏なおまえに助けて欲しくはない。金持ちのおまえに見捨てて欲しい。おかあさんはたぶん、そう思っている)

それが母のすべてだった。母という存在のすべて。母の人生のすべて。

(おとうさんから、お願いがひとつだけある。聞いてくれるかな)

父の影は海の上に駆け昇った満月の移ろうままに、夜露に濡れた芝生に身を横たえて

いた。

（おとうさんは早死にをして、おかあさんにひどい苦労をさせてしまった。おかあさんの人生に、いいことなんてひとつもなかったんだ。それは、わかるよな）

（わかるよ。わかってる。みんなみんな、わかってるさ）

母はたったひとつの恋すらも受け容れようとはしなかったのだと言いかけて、安男は唇を嚙んだ。

（何としてでも、おかあさんを助けてやってくれないか。そして、おまえももういちど幸せになって、お金で買える幸福というやつを、おかあさんに味わわせてやってくれないか）

（俺が？　——むりだよ、そんなの）

（むりじゃない。おかあさんがおまえら四人を育て上げた苦労に較べたら、おまえがもういちど立ち上がることなど簡単なはずだ。ヤッちゃん、よおく考えてみろ。おかあさんはおまえらの人生に奇跡を起こしてくれたんだぞ。不幸の壁を何重も打ち破って、どんな金持ちの家だって真似のできないエリートを、四人も作り出したんだ）

（俺はエリートじゃない。破産しちまったよ）

（それがどうした。おまえはおかあさんの苦労を知らない。みんなみんな知ってると言ったが、何ひとつ知るものか。できるかできないかじゃないぞ。おまえには、もういちど豊かになる義務がある。幸せになる義務がある。いいか、ヤッちゃん。おまえが今やらねばならないのは、おかあさんのかわりに命を捨てることじゃない。おかあさんと一緒に幸せになることだ。それしかないんだ。頼むぞ、ヤス。がんばれ、おまえならできる）

岬から雲が流れて、満月を呑みこんでしまった。

石の上に地団駄を踏みながら、安男は胸の中で父のまぼろしを呼んだ。

18

ナース・ステーションで受け取った鍵を握りしめ、地図を頼りに松林の小径を行く。

付き添い人専用のアパートは、渚と道路を隔てた月明りの中に建っていた。

「おおい、城所さん」

安男を呼びながら、青ざめた夜の底から白衣が近付いてきた。一瞬、悪いまぼろしかと思って身を硬くしたが、そうではなかった。

「センターから戻ったら俺の部屋に寄ってもらうように言っておいたんだが、まったく要領の悪い看護婦だ」

曽我医師は缶ビールの詰まったビニール袋を目の高さに上げた。

「メシ、まだだろう」

食事のことなどすっかり忘れていた。

「ならばちょうどいい。病人食の残り物だが、一緒に食おう。バカにはできんぞ。ここの食い物は鴨浦漁港からの直送で、たぶん世界一だ」

素足にサンダルをはき、白衣の裾からは毛脛が覗いていた。

「歯を、入れていただきました。まだ仮歯ですけど」

「どれ」と、歩き出しながら曽我は安男の口元を見つめた。

「当直は誰だった？」

「長田先生です。ヒゲの生えた」

「ヒゲチョウね。あいつはやることが早い。むろん腕も確かだが——ところで、おふくろさんも心配してたけど、仕事はどうなってるんだ」

きょう出会ったばかりだというのに、旧知のように親しげな話し方をする。アメリカの習慣なのか、いやそういう性格なのだろう。

「休暇はとってあります。それほど重要な仕事もしていませんし、わがままはききますから」

曽我医師は結論を告げにきたのだろうと気付いたとたん、安男の足は重くなった。

「あの、先生——母は」

「大丈夫だよ。殺しゃしない」

足が止まってしまった。

「どうした、ヤッちゃん。おふくろさん、おまえのことばかり言ってたぞ。仕事があるだろうから早く東京に帰して下さいって。帰るか？」

「いえ。帰りません。手術はいつですか」

「二、三日様子を見る。幸い心臓の機能そのものは悪くないね。狭心症は長いのか」

「病院を出たり入ったりしてました。もっと早くこちらを紹介してもらえればよかったんですけど」

ふうん、と曽我医師はカルテの内容を思い返すように首をかしげた。

「外科は春名さんだろう」

「はい、春名教授です、いちど病状の説明をしていただきました」

「切れない言いわけなんかされたって、しょうがないよな。手術のチャンスを窺ってたんだと思うよ。内科的に症状を改善して、切れるものなら切ろうと。だが、むりだね。春名さんの腕じゃ、とても」

何と自信に満ちた笑顔だろう。この人だけが母の心臓を甦らせてくれる。

「内科の主治医は？」

「藤本先生です」

「藤本？　――知らんね。だがデータを読んだ限り、いいドクターだな。フジモト、フジモト。よおし、そのうちスパイを送りこんでこっちにさらってくるとしよう。春名教授はともかくとして、そのドクターには感謝しろよ。ほかの内科医なら、おふくろさんはたぶん三回ぐらい死んでるはずだ」

「本当ですか」

「ああ。数値の管理がきわめて適切。投薬がうまいね。つきっきりの御典医みたいに、きちんとおふくろを生かしてくれた——おい、どうしたヤッちゃん。鍵かせ」

藤本医師のことをすっかり忘れていた。アパートのドアの前で、安男は立ちすくんでしまった。

天国までの百マイルを、自分ひとりで走ってきたと思っていた。だがそうではない。けっして、そうじゃない。

「先生——」

「どうした？」

言葉が咽に詰まってしまった。曽我医師の顔が正視できずに、安男はしばらく俯いて潮騒を聞いた。

先生。俺はひどい思いちがいをしていた。今やっとわかったよ。

おかあちゃんがやっとここまでやってこられたのは、俺ひとりが頑張ったからじゃなかったんだ。

藤本先生がそんなふうにして、おかあちゃんを生かしていてくれたなんて、ちっとも知らなかった。きっと真夜中も、日曜も付きっきりで、おかあちゃんを生かし続けてくれていたんだ。

だから車を送り出すとき、こう言ってくれた。万が一、鴨浦の曽我先生が切れないと言ったら、そのときは僕が迎えに行くって。必ず行くって。もう他の医者には見せないって。

もしそうなったら、藤本先生は必ず来てくれると思う。それで、おかあちゃんを看取ってくれると思う。おかあちゃんが燃え尽きるまで、命の薪《たきぎ》を、最後の一枝までくべ続けてくれるよ。

天国までの百マイルは長かった。走りおえたとき、これは奇跡だと思った。でも、そうじゃない。奇跡なんかじゃない。みんなが、俺の運転するあのオンボロ・ワゴンと一緒に走ってくれたんだ。

社長は車と休暇をくれた。マリは勇気をくれた。高利貸の片山は財布を丸ごとくれた。途中の食堂で出会った運転手さんたちは、みんな口々に、頑張れって言ってくれた。おかあちゃんのために冷房を止めて、大汗をかきながら飯を食っていたんだ。

世の中に、初めから与えられている結果なんてないんだな。

世の中の善意をかき集めて、俺は百マイルを走った。何かひとつでも欠けたら、すべてはご破算だった。

兄貴たちのことも、英子のことも、子供らのことも、見知らぬおやじのことも、みんな力になったと思う。何もかもガソリンに代えて、俺は天国までの百マイルを走った。何かがひとつでも欠けたら、だめだったんだ。

「曽我先生」

安男はどうしても言わねばならぬ言葉を、ようやく口にした。

「俺、おかあちゃんが生き返ったら、もういっぺん幸せになろうと思います」

がらんとした六畳間の、海に向いた縁側の窓を開け放つと、曽我医師は缶ビールの栓を引き抜いて安男に勧めた。

「学生下宿だな、まるで」

窓ぎわに大あぐらをかいて、ビニール袋の中から肴を取り出す。

しばらくの間、曽我医師はどうでもよい海の話をした。

「ところで——心臓はマグロにもカツオにもある。あたりまえだけど。血液を押し出すポンプだな。人間の場合はこのくらいの大きさだ」

と、曽我医師は胸の中央に握り拳を置いた。

「あんがい小さいんですね」

曽我は思いがけぬほど小さく華奢な手を持っていた。

「そう。小さいが働きものだ。心臓から送り出される血液は一分間に約五リットル。ということは一日に約七千二百リットル。血は水より少しばかり重いから、めかたにすると七・五トンだぞ」

「七・五トン！」

「しかもだ。信じられるか。動脈血が左心室を出て右心房に戻るまでの循環時間はたったの二十秒。たったそれだけの間に、血液は体のすみずみまで酸素と栄養を送り届けて、また心臓に戻ってくる」

「二十秒、ですか」

「うん。俺もいまだに信じられん。自分の体もそうなっているのかと思うとだね、気が遠くなる。ところで――」

　曽我医師は心臓に見立てた拳をつき出し、右手にボールペンを握った。

「心臓もひとつの内臓器官にはちがいないから、自分自身が動き続けるためにはやはり血液が必要だ。この血液を心臓に運んでいるのが、冠動脈。王様の冠みたいに、心臓をぐるりと取り巻いている。こんなぐあいに」

　ボールペンの赤インクが、拳の上に冠動脈の血路を描いた。

「この冠動脈の一部が狭くなってだな――いわゆるコレステロールというやつが血管の内側に溜まって、スムースな血行をさまたげるのが狭心症。そこに血の塊がゴツンと詰まって、血流がストップしちまうのが心筋梗塞だ。梗塞が起きれば、その先の心臓はたちまち壊死《えし》する。おふくろさんの場合は重度の狭心症で、あちこちに狭窄がある。あちこちというより、冠動脈全体が細くなっちまってるんだ。ドクター・フジモトは、まずコレステロール値と血糖値を万全に管理しながらだね、心筋梗塞が起きないようにワーファリンという薬――血液をサラサラにする薬を投与し、同時に血管拡張剤、つまりニトロを使って狭心症の発作に対応していた、というわけだ。だましだまし。こういう内科治療は難しいんだぞ。血糖値をむやみに下げようとすれば低血糖を起こす。ワーファリンを大量に投与したまま、万がいち脳出血でもしたら、血が止まらないから一巻の終わり。腎臓に負担もかかるからそっちもヤバい。全身を管理しながらの綱渡りだ。さて――狭心症も軽度ならば、カテーテルを使って狭窄部を治す方法がある。春名さんの十《お》八番《はこ》だがね、これは。その技術はたしかに日本一。俺だってとてもかなわない。まずカテーテルの先につけた風船を狭窄部まで運び、膨らませて血管を拡げちまうというバルーン療法。次に、金属製のパイプやコイルを狭窄部に留置して、広い血管内腔を確保するステント療法。しかし、おふくろさんのように冠動脈全体が細くなっている場合は、こうした局所的な治療は効果がない。そこで残る方法は――」

曽我医師は冠動脈のありかを記した拳を拡げて、缶ビールの栓を引き抜いた。

「飲めよ、遠慮するな。いけるんだろう」

「いただきます」

安男は咽を鳴らして二本目のビールを呷った。

「鮪も食え。ナマ物が毎日食える病院なんてどこにもない。しかも近海物の生鮪だぞ。低カロリー高タンパクは病人食の基本だ」

「切れますか」

「何が？」

鮪を頬張りながら、曽我は微笑んだ。

「ああ、手術ができるかってことか。切れるさ。尻ごみするのは春名さんばかりじゃない。おふくろの血管造影を見たら、誰だってひとめでノーと言うさ。だが、俺はちがう。イエース。イエース、イエース。いっぺんに三本つないでやろう」

「三本、ですか」

「説明しようか」

「お願いします。なるたけわかりやすく」

「よおし」

と、曽我医師は再び左手の拳を握った。

「冠動脈の狭窄部位をまたいで、血液の新しい通り道を作る。これが冠動脈バイパス術だ。動脈硬化で冠動脈の狭窄が広範囲に及んでいる場合は、これしかない。俺が考えている手順はこうだ。まず、バイパスに用いる大伏在静脈という太い血管を、足から取り出す」

「足！」

「そう。太腿だ。そして次に、胸を切開して、内胸動脈という鎖骨のうしろにある血管を剝がす。これは左右二本あるから、場合によっては二本とも使うかもしれん。さらにもう一本、胃の大網動脈というやつ」

「胃、ですか」

安男は思わず腹に手を当てた。

「そう。胃に血液を送る動脈だ。これを胃からうまく剝がして横隔膜を越え、心臓につなぐ。これでおふくろの心臓は動き出す。ボロボロに疲れ切った血管などおかまいなしに、新しいバイパスを血がめぐる。一分間に五リットル、一日に七千二百リットル、めかたにして七・五トンの血流が甦る。どうだ、文句あるか」

曽我医師はビールを一息に飲み干すと、窓の外の闇に向かって声高に笑った。

この人は誰だ。

百マイルの道の果てに待っていたこの男は、いったい誰だ。

月光が隆々たる白衣の肩を照らしていた。

「なあ、ヤッちゃん」

と、曽我医師は安男の名を親しげに呼んだ。

「おふくろから、一時間もきかされたよ。鎮静剤も効かなかった。病室に担ぎこんでからずっと、おふくろはおまえのことばかり、熱に浮かされたみたいに話していたぞ」

「俺のこと、ですか」

「バブルがはじけて、会社を潰しちまったってなあ。それでも借り物のポンコツ車で、おふくろをここまでしょってきた。偉いじゃないか」

母はいったい何をしゃべったのだろう。白衣の袖にすがって、安男のことばかりを包み隠さず語る母の姿が目に浮かんだ。

「みちみち、ずっと考えてたそうだ」

「この子を残して死ねない、ってですか」

「バカ。そんなのじゃないよ。おふくろはこう言ってた。私は生きようが死のうがかまわない。でもここまでしたあとで私が死んだら、ヤスオは一生だめだ。私が生き延びれば、ヤスオもいっぺん生き返る。だから先生、お願いです。私を助けて、ってな。おまえ、さっきそこで言っただろう。おかあちゃんが生き返ったら、もういっぺん幸せになろうと思うって。あのとき一瞬、俺は涙が出たぞ」

「ありがとうございます」

言葉が素直な声になって、安男は畳に両手をついた。

「俺は、医者が嫌いだ。医学を学んでいるうちに、どんどん嫌いになっちまったんだ。あいつら、欲のかたまりだよ。患者を薬漬けにして、金儲けをしてる。それで博士だ教授だって、どんどん出世してよ。糊のきいたまっしろな白衣を着て、ご回診が笑わせらあ。俺は育ちが悪いからな、そういうのが我慢ならなかった。権威は大っ嫌いだ。金が欲しけりゃ商売をやりゃいい。俺は何も欲しくない。そんなヒマがあったら、人の命を助けたいよ。いつかは消えてなくなる命だって、一分でも一秒でも引き延ばしてやりたい。ありがとうなんて、言うなよ。俺はそう言われるのが好きじゃないんだ。感謝されるのは、権威だからな。病気や怪我に打ち克って生きるのは人間の権利、それを支えるのは、医者の権利だ」

「義務、じゃないんですか」

「ちがう。権利だ。好きでやってるんだから、権利だよ。俺は、おまえのおふくろを切らせてもらう。いいか」

手術の諾否を求めているのだと、安男は気付いた。

これは、神だ。

神の手を持った医師ではない。これは目に見える神だと、安男は思った。

神は汚れた白衣の肩をすくめて、静かに続けた。

「子供のころ、両親と生き別れてな。遠縁に育てられた。家でも学校でも、ずっといじめられてた。泣き虫で弱虫。今でも同じさ。オペの前は怖くて仕方がない。夜も寝られないぐらいだよ。だから毎日なんてとても耐えられない。チームを組んで、一日に何人も切る。そんなふうにして年間百五十例。これは日本一だよ。もしかしたら世界一かもしれない。だが、やっぱり怖い。怖くて仕方がない。めったに口にすることじゃないが、わかってくれ。好きで切るのは確かだが、喜んで切るわけじゃないんだ。義務だとは思いたくない。俺は人の命を救う医者だからな。これは俺の権利だと信じて切らなければ、たぶん片っ端から殺しちまう。たしかにおふくろのオペは難しいけれど、俺は切るぞ。人の命をメスで救う外科医だからな。いいか、ヤッちゃん」

19

もしもし、私。英子です。

連絡がないから、どうしたのかと思って。

そこ、どこなの？　病院に電話したらナース・ステーションから回してくれたんだけど。

付き添い人専用のアパート、って……そう。ずっとそこにいるのね。食事はどうしてるの？　ちゃんと食べてる？

おかあさん、あした手術ですってね。いえおかあさんとは話してないわ。かえって気をつかうといけないから。看護婦さんに聞きました。

迷惑だったら、ごめんなさい。今さら大きなお世話だって思うかもしれないけど、私、気が気じゃなくって。

おかあさんのこともちろんだけれど、あなたがどうしているだろうって思うとね。会社に電話したら、もう一週間も休んでるっていうし。社長さん心配してたから、電話してあげて。

お金、あるの？　少しだけど、きょう銀行口座に振りこんでおきました。病院代は意地を張らないで、おにいさんたちに相談してよ。言いにくければ私から頼んでみるけれど。

何もしてあげられなくて、ごめんね。もし私にできることがあれば何でも言って下さい。できるだけのことはします。

子供たちは元気よ。とてもパパに会いたがってるわ。

あのね、安男さん。こんなときに電話でどうかと思うんだけど、私の話、黙って聞いてくれる？

子供たちと相談したの。これからのこと。いえ、大ちゃんとミッちゃんが二人で相談してね、ママ、話があるって言ってきた。

ほんとよ。長いこと部屋にとじこもっていたと思ったら、ものすごくまじめな顔をして出てきてね、私の前に二人して膝をそろえて、きっぱり言ってくれた。

パパと、もういちど暮らしたい。みんなで暮らしたいって。

びっくりしちゃった。子供って、知らん顔をしていても、ちゃんと考えてるのね。すべてを知ってる。

大ちゃんたら、具体的なプランをノートに書いてね、読んでくれた。今ここにあるから、読むわね。

1. おばあちゃんの病気がなおったら、しゃくじいのアパートにひっこす。家族は、おばあちゃん、パパ、ママ、大助、みちる。

2. 大助、みちるはじゅくとピアノをやめる。勉強は学校の帰りとか土日とかに、図書かんでする。

3. ママはスーパーにパートに行く。ごはんはこうたいで作る。

4. いらない家具とかはリサイクル・ショップに売る。車も中古車屋さんに売る。

5. パパもママも煙草をやめる。

……読みながら私は泣いちゃったけど、子供たちは真面目だった。二人とも真青な顔でね、よっぽど思いつめた末のことだったと思う。みちるがベソをかいたら、大助がしゃんとしろ、約束だろ、って叱ってた。

いやな話をするけど、いいかな。たぶん面と向かっては言えないと思うし、二度と口にもしないと思うから。

あの人とのことは、おしまいにしました。

なぜかって、そんなことを続けていたって仕方ないでしょう。私にもまだ多少のプライドはあるし。

ちょっと淋しかっただけ。あなたに話すことではなかったし、子供たちに見せるものでもなかった。その点は反省してます。

こんなことをしてちゃいけないって思いながら、麻薬みたいに続いちゃって。

今ね、自分がいやでいやでたまらないの。あなたと別れたことも、むりな仕送りをさせたことも、みんな子供たちのためだった。でも、あの人のことはちがう。誰のためでもない私の欲でしょう。

会社が潰れたとき、ともかく子供たちだけは守らなくちゃと思った。正直言ってね、あなたの立場なんて、これっぽっちも考えなかった。頭の中がパニックになっちゃって、考えられなかったの。親の事情で子供たちの人生を変えてはならないって、そればかり考えてた。

今だから言えるけど、私ね、あのとき実家には何も相談しなかったのに、石神井のおかあさんとは話し合った。おかあさん、言ってくれたのよ。安男は捨ててもいい、でも、子供たちを手離しちゃいけないって。

私は女手ひとつで四人の子供を育てた。二人ぐらい育てられないわけがない。そう言ってくれた。

でも、私はおかあさんみたいに強くはなかった。あなたに頼っちゃった。あなたの力を信じていたのよ。信じたかったのよ。

ずいぶん呑気な話だけど、私、あなたがそんなに大変だったなんて、ちっとも知らなかったの。何億ものお金を右から左に動かしていたんだから、私たちの生活費ぐらいどうとでもなるだろうって——ごめんね、ほんとにそう思ってた。

おかあさんはけっしてあなたをかばおうとはしなかった。ときどき石神井には行っていたんだけれど、そのつど、安男はちゃんとお金を送ってきてるんだろうね、甘いこと言っちゃだめだよって言われた。

すごい人だと思う。人を育てることを知っている。

それに、お金があなたと子供たちの絆だってことを、知っていた。あなたにとっての幸福は何か、不幸は何かって、おかあさんはちゃんと考えていた。

あなたがどんな苦労をして、二年の間私たちに仕送りをしていてくれたのか、教えてくれたのはマリさんという人です。

彼女、あなたを愛してる。口ではずいぶんはすっぱな言い方をしていたけど、私にはわかった。たぶん、あなたのことが好きで好きで、どうしていいかわからないぐらい好きなんだと思う。

女って、やさしい生き物なのよ。私はちがうけど。

マリさんは、大好きなあなたがいったいどうすれば幸せになれるのか、そればかりを考えていると思う。

あの人ね、私にさんざ悪態をついて、いえそういうふりをしながらね、目に涙がいっぱい浮かんできて、何度もおトイレに行った。戻ってくると少しシャンとしていて、また怒鳴り始めるの。

マリさんのこと、好きですか？

私、ずっと考えてるの。もしあなたがマリさんを愛しているのなら、私たちのことはもういいから、幸せにしてあげて下さい。子供たちには言ってきかせます。

でも、もしマリさんを愛していないのなら、今のあなたの暮らしは罪だと思う。いろいろなことがあったけれど、子供たちの希望を叶えてやらなければならないと思います。あなたを愛しているのかどうか、自分でもわからない。それはあなたも同じでしょう？

私のことを、一生許さなくてもいいわ。私もあなたを許したくはないもの。

でも安男さん、考えてみて下さい。私たちの事情で、いったいどのくらいの人たちが不幸になったか。このさきもどのくらいの迷惑をかけ続けるのか。

もう遅いから、切るね。

もしもし、聞いてますか。

手術、きっとうまくいくわ。一晩じゅうお祈りします。

私、あなたのことを好きかどうかはわからないけど、おかあさんは大好きです。とても尊敬してるし。

あなたと別れて一番つらかったことは、おかあさんのこんな命のせとぎわに、何もしてあげられないことです。

教えていただいたことが多すぎるからね。

私は、おかあさんの五番目の子供です。

ずっと、そう思ってきました。

勝手なことばかりしゃべって、ごめんなさい。きょうはゆっくり寝て下さいね。

じゃあ、おやすみなさい。


「城所さん――あらあら、お蒲団も敷かずに」

庭先から看護婦長に声をかけられて、安男ははね起きた。

畳み上げた蒲団にもたれたまままどろみ、いつしか枕だけを抱えて眠ってしまったらしい。

老婦長がたてつけの悪い網戸を引き開けると、水色の僧衣を際立たせるほどの鈍色《にびいろ》の空だった。湿った風が吹き抜けた。

「台風が来ているらしいの。ほら、海が鳴ってるでしょう」

不吉な朝だった。婦長は唸る空を見上げて、手術は八時三十分に始まると言った。

「そんなに早く、ですか」

「少し時間がかかりそうなのでね。麻酔に入る前に面会なさって下さい」

さりげなく告げて立ち去ろうとする婦長を安男は呼び止めた。

「曽我先生は？」

「教会にいらっしゃいます。ご挨拶なさいますか」

「ええ、ぜひ」

玄関から出ると、狙い定めたように砂塵が瞳を刺した。松林に続く小径を、看護婦長は長い衣の裾をはためかせて歩き出していた。

「一週間、お引き止めしてしまいましたね。お仕事、大丈夫ですか。手術が終われば、あとは完全看護ですからご心配なく。ときどき様子を見にきてあげて下さい」

入院から一週間というもの、母は間断なく発作をくり返していた。手術が予定より早くなったのは容態が安定したからではなく、もはや一刻の猶予も許されなくなったのだろう。

「きょうのオペはおかあさまおひとりですのよ。心臓外科の総力戦です」

不穏な言葉だと感じたのだろうか、言ってしまってから婦長は、思いついたように迫りくる嵐の話をした。

「毎年のことなんですけれど、沖を台風が通過するとき、低気圧の雲の渦が手に取るように見えるんですよ」

たわみかかる松林をしばらく歩くと、病棟の裏手に小さな教会があった。

砂埃の中に歯科医の長田が蹲《うずくま》って、花壇の手入れをしていた。屈んだまま安男に気付くと、シャベルを上げて鬚面をほころばせる。

「やあ。仮歯の具合はどうだね。まさかバゲットをかじっちゃいないだろうな」

「朝からガーデニングですか」

「ここの看護婦は色気がないんだ。花は花屋で売ってるものだと思ってるらしい。庭いじりのコツは歯の治療と同じだがね」

みんな忙しいんですよ、と婦長が笑った。

「忙しいのは俺だって同じだよ。見てろ、ばあさん。来年の春にはこの教会の庭を、テキサスの黄色いバラでいっぱいにしてやる」

すれちがうとき、歯科医は安男の肩に手を乗せて、思わせぶりに片目をつぶってみせた。

「グッド・ラック。よい一日を」

婦長が扉を開けると、ふいにたおやかなチェロの音色が安男をおし包んだ。

「じきに終わりますから、しばらくお聴きになっていらして」

祭壇にかしずいて祈りを捧げる神父のうしろで、曽我医師がバッハを弾いていた。ステンドグラスの彩《あや》かな光に隈取られた巨体が、弓弦《ゆづる》の動きとともに左右に揺れる。

「お上手でしょう。シュバイツァー博士はオルガンの名手だったそうですが、ドクター・ソガもなかなかのものですわ。天は二物を与えるのでしょうか」

弓をたぐりながら、曽我はちらりと横顔を振り向けた。

やがてバッハの無伴奏曲を弾きおえると、曽我はおもむろに、安らかな曲を奏で始めた。

If you miss the train I'm on
You will know that I am gone
You can hear the whistle blow
A hundred miles
A hundred miles,
A hundred miles
A hundred miles,
A hundred miles
You can hear the whistle blow
A hundred miles

もしもあなたが汽車に乗り遅れたら
私は行ってしまったと思って
汽笛が聞こえるでしょう
百マイルの彼方から
百マイル　百マイル
百マイル　百マイル
汽笛が聞こえるでしょう
百マイルの彼方から

Lord, I'm one, Lord, I'm two
Lord, I'm three, Lord I'm four
Lord, I'm five hundred miles
From my home
Five hundred miles,
Five hundred miles
Five hundred miles,
Five hundred miles
Lord, I'm five hundred miles
From my home

百マイル　二百マイル
三百マイル　四百マイル
五百マイルも
故郷から遠く離れて
五百マイル　五百マイル
五百マイル　五百マイル
五百マイルも
故郷から遠く離れて

Not a shirt on my back
Not a penny to my name
Lord, I can't go a home
This away
This a way, this a way
This a way, this a way
Lord, I can't go a home
This a way

If you miss the train I'm on
You will know that I am gone
You can hear the whistle blow
A hundred miles

一枚のシャツもなく
一ペニーのコインもなく
これじゃ家に帰れない
このままじゃ　このままじゃ
このままじゃ　このままじゃ
これじゃ家に帰れないけど
このままじゃ……

もしもあなたが汽車に乗り遅れたら
私は行ってしまったと思って
汽笛が聞こえるでしょう
百マイルの彼方から

弓をジーンズの膝に置くと、曽我医師はTシャツの背がしぼむほどの溜息をついた。

「ドクター。お祈りは」

祭壇から振り返って、神父が訊ねた。

「いつもくどいね。俺は祈らない。ここはタイタニックじゃないんだ」

「では、主のご加護を――」

「それもいらない。チェロを片付けておいてくれ」

曽我は楽器を置いて、長椅子の上に脱ぎ捨てられた白衣を手に取った。ステンドグラスの光の中に、しみだらけの聖衣が翻る。袖を通しながら、曽我はほの暗い通路をまっすぐに歩き出した。

「婦長！　レッスンは終わった。こいつのおふくろに、死んでも止まらない鉄の心臓をくっつけるぞ。スタッフをカンファレンス・ルームに集めろ！」

20

曽我医師は芝生の庭を走り、朝食のワゴンが行きかう病棟の廊下を早足で歩いた。

後を追いながらエレベーター・ホールまでたどりついて、安男は立ちすくんだ。背広姿の男が曽我に向き合っていた。

「おい、ヤッちゃん。おふくろの主治医が、わざわざ休暇をとってやってきてくれたらしい」

藤本医師がきてくれた。夜明けのハイウェイを飛ばして、百マイルを追っかけてきてくれた。

「名刺はいいよ。君の仕事はカルテを見りゃわかる」

曽我はエレベーターに藤本を押しこみ、安男の腕を摑んで引きずりこんだ。

「君の所見から、何か留意する点はあるかな」

苛立たしげに階数表示を見上げながら曽我は言った。相変わらずの無表情で、藤本は訊ねた。

「術前の投薬を知りたいのですが」

「気になるか」

「はい」

「チクロピジン、アスピリンは入院時に中止した。Ca拮抗薬と亜硝酸剤は服用させている。ほかには？」

「ベータ遮断薬は」

「術前には中止が原則だが、服用せざるをえなかった。ジギタリス剤は四十八時間前に止めておいた」

「ワーファリンは？」

「徐々に減量。中止するには勇気がいるね」

「七十二時間前に全量中止が原則ですけれど、ちょっと気になります」

「君ならどうする」

「たぶん、同じことをしました。それでよかろうと思います」

「俺の投薬にまちがいはないな」

「はい。パーフェクトです」

三階の扉が開くと、二人の医師は手術センターをめざした。カンファレンス・ルームの前に医師団が待っていた。すでに青い手術衣に身を固めた医師たちはどれも若い。

「では、よろしくお願いします」

立ち止まる藤本の肩を叩いて、曽我は不本意そうに言い返した。

「おいおい、どこへ行くんだ」

「クランケに付いています」

「付き添いは倅に任せておけよ。せっかくきたんだ、俺のオペを見学してけ」

「手術室に？」

「そう。いいか、ドクター。あのドアの向こうは戦場だ。最前線までやってきて、よろしくお願いしますはないだろう」

藤本は脂じみたメガネのフレームを指先で押し上げて、廊下に並ぶスタッフを見渡した。

「術中に助言を許していただけますか」

「よし、いいだろう。だが指揮官は俺だぞ」

「もちろんです」

「しっかり見て、帰ったらプロフェッサーに報告してやれ」

白衣の腕を組んで、曽我医師は安男を睨みつけた。それから若く屈強なスタッフを背後に従え、誰に言うともなく言った。

「春名先輩の冠動脈形成術は百パーセント成功している。俺は九十五パーセントで、あとの五パーセントはノーサイドだ。その五パーセントの意味を、わかってほしい。ノーサイドを怖れるのは、俺も春名さんも同じだよ。つまり、切る勇気があるかないかだ。日本中の腰抜けどもに言いたいことは山ほどあるが、口では言わん。俺のメスに物を言わせてやる」

海を望む窓ぎわのベッドに、母はすっかり手術の仕度を整えて横たわっていた。

麻酔が効き始めているのだろう。白い帽子を冠《かぶ》った表情は穏やかだった。

「ヤーッちゃん」

幼な児を呼ぶように、母は安男の名を呼んだ。

すべてが動き出している。母を甦らせるために、命をめぐる戦場の武器と兵士たちとが、いっせいに動き出していた。

「おかあちゃん。藤本先生がきてくれたんだよ。今さっき」

肯いたとたん、母の眦から涙がこぼれた。

「ここにもきてくれたらしいんだけど、眠ってて会えなかったの」

「手術室に入ってくれるってさ」

てるね」

「そう。そりゃ鬼に金棒だわ。会いたいけど、手術室に入るころには、また眠っちゃっ

安男は荒れ狂う海を見た。高波は揉み合いながら盛り上がり、獣のように双手《もろて》をかざして汀《みぎわ》に砕け散った。突堤はすでに波に洗われている。水平線にわだかまる黒雲は、嵐の精のすみかなのだろうか。空は暗く低く、息もつがずに唸り続けていた。

「兄貴たちも、もうじき着くって」

安男の嘘を、母は目を閉じて受け止めた。たぶん、信じはしないだろう。

「時間が早いからねえ。きっと間に合わないだろうけど、いいよ。目が覚めたら、ゆっくり会えるし」

そうじゃないだろう、おかあちゃん。

このまま永遠に目が覚めないかもしれないって、考えているんじゃないのか。

「ねえ、ヤッちゃん。おにいちゃんたちに会ったら、伝えて。ひとりずつ、そっと」

「何だよ、遺言か」

安男は泣きながら笑った。

「高男には、社長さんになれって。おまえならなれるって。秀男には、ここに負けないぐらいの大きな病院を建てて、院長さんになれって。おまえならできるって。優子には、頭取夫人になれって。秋元さんなら、きっとなれるよって」

「もういいよ、おかあちゃん。もういい、もういい。そんなに偉くなってどうするんだ」

「誰にも負けてほしくないんだよ。六畳のちゃぶ台で輪になって勉強してたあの子たちだから、誰にも負けちゃいけないいんだ。立派な机を持ってて、塾に通ってた子供たちに、負けちゃだめなんだ」

「負けやしないよ。大丈夫だって」

「おかあちゃん、精いっぱいだったの。ごはんを食べさせるだけで、何ひとつしてあげられなかったでしょ。ごめんねって、みんなに言ってよ。きっと、みんなおかあちゃんのことを憎んでるんだ。辛い思いをさせて、ひどい苦労もさせちゃって。だからみんな、もうおかあちゃんの顔なんて、見たくないんだよ」

「やめろよ、おふくろ」

突然に崩れた母の顔を、安男は胸の中に抱きしめた。母は顎を軋ませ、声を殺して泣いた。

「それから……英子さんに」

「英子に？」

「大金持ちの社長夫人になれって。あんたならできるって、言ってあげて。もういちど……もういちど……いいね、ヤッちゃん。もういちど……おまえなら、できるよ……」

母は眠ってしまった。軽いいびきを聞きながら、安男は母の乾いた顔を抱き続けた。

嵐が空を真黒に染めてにじり寄ってくる。海鳴りは猛々しい咆哮に変わった。

もういちど目覚めてほしい。自身の偉大さに気付かぬまま、人生を悔い続け、おのれを責め続けて死んでほしくはない。

母は父に死なれたそのとたんから、虹を追って走ったのだと安男は思った。まっすぐに、わき目もふらず、空の彼方にかかった七色の虹を追って。永遠にたどりつくはずのない、いやこの世に有りうべくもない、完全なる母としての人生を追って。

「城所さあん、行きますよォ」

ストレッチャーが病室に運ばれてきた。

「眠っちゃいましたけど」

人形のような母の体が、若い看護婦たちの手でストレッチャーに移された。老婦長が安男の背中を押した。

「ついて行って。声は聴こえてるはずですから」

長い廊下を、安男は母の名を呼びながら歩いた。

何も見えず、何も聴こえなかった。ただ、四十年前の冬の日、この小さな体から自分は生まれ出たのだと思った。

「おかあちゃん。死ぬなよ。死んじゃいやだ。話したいことがたくさんあるんだ。聞いてほしいことも、聞きたいことも、たくさんあるんだから。なあ、おかあちゃん、死ぬなよ」

母はわずかに瞼をもたげて、安男の手を握り返してくれた。

「兄貴たちは、おかあちゃんのことを恨んでなんかいないよ。みんなおかあちゃんのこと、大好きだよ。偉くなりすぎたから、大勢の人に頼られて、ものすごく忙しいんだ。俺だけバカだから、こうして付いててやる時間があるんだよ。死ぬなよ、おかあちゃん。兄貴たちを泣かせるなよ。何もしてあげられなかったって、兄貴たちを泣かせないでくれよ。なあ、おかあちゃん」

手術センターの廊下を、ストレッチャーは舟のように滑って行く。

観音開きの扉が、ひとつずつ、見知らぬ世界の蓋を開く。

銀色の最後の扉の向こうに、輝かしい光を背負って、術衣に身を固めた医師団が立っていた。

「ここまでです。あとは先生方にお任せしましょう」

ストレッチャーが手術室の看護婦に托され、母の手を藤本医師が受け取ってくれた。たくましい外科医たちの中で、藤本の姿は妖精のように小さく見えた。

消毒した両手を神のようにかかげて、曽我は安男を見つめ、それから俯きかげんに、母の顔を覗きこんだ。

マスクの中のくぐもった声が、澄み渡った空気を震わせた。

「オープン・ユア・ハート」

おそらく聖言のかわりに、矜《ほこ》り高いつわものたちは唱和するのだ。

「オープン・ユア・ハート」

母の命は神の手に委ねられた。

終章

もしあの日、百マイルの道を走りおおせなかったのなら、あるいはそれ以前に百マイルの道を走る勇気を持たず、走り始める決心をしなかったのなら、自分の人生は光も風もない壺の中に封じこめられただろうと思う。

秋風の立つ夕暮、時代に取り残されたような東中野の駅頭に佇んで、城所安男は四十歳という年齢を、まだ若いと思った。

母は十時間におよぶ大手術によく耐えた。術後経過は良好で、三週間後には退院をし、じきにふつうの生活に戻れるのだそうだ。

問題は退院後に、誰が介護をするか。職場には戻らなければならないが、まさか昼間の間じゅう、母をひとりにしておくわけにはいくまい。

英子さんに頼みたいけど、と母は言った。

病気を理由にして、二人のよりを戻させようなどという下心はないと思う。母にとって、英子は姉よりも兄嫁たちよりも、心の安らぐ女なのかもしれない。

そうとなれば――その先はわかりきっていた。二年間の空白を、夢だったと思いこむほかはあるまい。

マリの笑顔を見るのは辛かった。すべては身勝手な男の都合にちがいない。それでもマリは、笑って恋人を送り出すのだろう。

二年の暮らしに鍵をかけて、永久に触れ合うことのない親友になれればいいと思う。

(ずいぶん勝手な話だがな)

西陽に倒された父の影が囁きかけた。

(おやじなら、どうする。良識のある人だったって、おふくろは言ってたけど)

(さあ……たかだかの良識では、手に負えんな。既成事実が重すぎる)

(実は、まだ迷ってるんだ。マリと一緒になるのも、ひとつの方法だと思う)

(いずれにせよ、二つにひとつだね。中途はんぱはよくない。永久に触れ合うことのない親友なんておまえ、それこそご都合じゃないのかね)

(さすがに良識的だな。たしかにその通りだと思うよ)

(だったら、きっぱりと引導を渡せ。そのかわり、できるだけのことはしなきゃならんぞ。少くとも向こう二年間のおまえの給料は、そっくり渡さなきゃ)

（金で解決かよ。ひどいな、それも）

（ほかに何ができるんだ。金で解決するんじゃない。二年間、おまえと英子で苦労をしろ。それが誠意というものだろう）

（マリは、そんなのいらないって言うよ）

（だったら、振り込めばいい。まさか送り返してきやしないさ。いいか、ヤッちゃん。

少くともマリさんに対しては、おまえは一方的な加害者だぞ。正当な理由は何もないんだ。おまえはあの子の懐で、ぬくぬくと二年も暮らした。お互い様なんかじゃない。少くともおまえは、あの子がおまえを愛するほどには、あの子のことを愛してはいなかったんだからな。手をついて、詫びろよ。おまえはあの子を利用したんだ。それ以外の理屈は言うな。生涯最悪の二年間を、おまえはあの子を利用して生き延びたんだぞ）

たそがれの商店街を左に折れ、神田川に向かって緩い坂道を下る。二週間ぶりにたどる道が、遠い昔に捨てたふるさとへの道筋に思えた。

路地を折れ曲がるたびに、マリの温かさが近付いてきた。

酔った勢いで初めてこの道を歩いた夜の、口にする冗談とはうらはらなマリの汗ばんだ掌の感触を、安男はありありと思い出した。

あの夜、初めて抱かれたあとでマリは言った。

（ヤッさん。ちょっとの間、ヤッさんのこと好きになってもいいかな。ずっとじゃなくっていいよ。ちょっとだけ。一年か、長くても二年。そのうちみんなよくなるのよ。ヤッさんもね。よくなったら、バイバイ。好きでもバイバイ）

一種の趣味よね、とマリは安男の腹に顔を埋めて笑ったものだ。

秋の日は急激に昏れた。ぼんやりと紗《しゃ》のかかった裏路地の果てに、三階建の古マンションが見えたとき、安男の心は均衡を失った。

オープン・ユア・ハート。

心を開け放って、自分自身にひたすら忠実であろうとすれば、はたしてマリを捨てるだろうか。

少くとも百マイルを走ったあの夜、マリに告げた愛の言葉に嘘はない。マリほどの力と情熱を持って人を愛することはできないにしろ、自分はマリを愛していると安男は思った。

ともに暮らした女に対する、情などではない。ましてや愛されることを信じようとはしない女への、憐れみなどではなかった。

マリを愛していた。周囲の総意に従ってマリを捨てようと考えたとき、心の底から、マリを愛していると安男は思った。

オープン・ユア・ハート。

心に忠実であることが、良識に反するとは思えない。マリを失いたくはなかった。

玄関先で、勤めに出るフィリピーナとすれちがった。

「アレ、マリサン、イナイノヨ」

「やあ、ごぶさた。早出したのか」

「マリサン、イナイヨ」

「いいよ、鍵は持ってるから」

フィリピーナはしきりに振り返りながら、夜の町へと消えて行った。

合鍵でドアを開ける。

安男の前に現われたものは、ネオンの色に染まった砂漠のような空部屋だった。

新都心の摩天楼が覗きこむ二間の部屋には何もなかった。乾いた松葉牡丹の鉢がぽつんと忘れ物のように、座敷のまん中に置かれていた。

鉢に敷かれたチラシの裏に、マリの不細工な、温かい丸文字が並んでいた。


ありがとう、ヤッさん。うれしかったよ。

とてもとても愛してます。

　　　　　　　　マリ

言葉を胸に抱いて、安男は膝を折った。

置き去られた花に水を与えるほかに、自分があの清らかな女にしてあげられることはないのだろうか。泣くことのほかに。嘆くことのほかに。

からっぽの胸に歌が甦った。

もしもあなたが汽車に乗り遅れたら
私は行ってしまったと思って
汽笛が聞こえるでしょう
百マイルの彼方から
百マイル　百マイル
百マイル　百マイル
汽笛が聞こえるでしょう
百マイルの彼方から

一枚のシャツも、一ペニーのコインも持たず、愛する女は天国に続く百マイルの道を、永遠に歩き続けるつもりなのだろうか。

愛した男に、すべてを捧げながら。

長い歌を唄いおえると、安男は最後に与えられた枯れ花の鉢を抱いて、遥かな汽笛に耳を澄ました。

解説

大山勝美

幸運というのは、そうそうどこにでもころがっているわけではない。

この小説が印刷され、店頭に並べられたとき、連載された「小説トリッパー」の編集者や読者はいざ知らず、任意の人で最初に手にして、魂がふるえるような感動を味わう幸運をえたのは、全国で多分私が一番か二番ではなかったろうか。

読みおえて興奮状態で、すぐさま感想をのべ、この本はドラマ化されてもっと大勢の人に感動を味わってもらうべきだ、だからぜひともテレビドラマ化させてほしい、とのFAXを朝日新聞の担当編集者宛に送った。

初版本の奥付をみると一九九八年十二月一日発行とある。しかし、店頭に並べられたのは、その二、三週間まえだったかと思っている。担当編集者の「え？　もう店頭にありましたか？」とすこし驚いた声が印象に残っている。

映像を仕事にしているが、育った時期からいって私は活字世代である。だから、週に一、二回ぶらっと本屋に立ちよるのを何よりの楽しみにしている。それに、映像化をそそられる素材さがしという本音もある。

九八年十一月の中旬、昼ごろ新宿の紀伊國屋書店をのぞくと「私を見て！」と叫んでいるような本に出逢った。それは霊感としかいいようがない。足が自然に平積みのコーナーに吸いよせられていった。タイトルが眼にとびこんできた。『天国までの百マイル』。装丁もすっきりしている。白地のバックに背中をむけた男が、天にむかってであろう呼びかけている。足許に忠実そうな犬が、天使のような薄い羽をつけて、その男をじっと見守っている。腰巻にはこうあった。「愛されることは幸せじゃないけど、愛することって幸せだよ」作者は浅田次郎。

浅田さんの小説の面白さを最初に教えてくれたのは、大手出版S社の重役N氏であった。

彼は映画オタクで年間二百本近く映画を見ているし、映像一般にもつよい関心を持っていた。仕事柄、たえず新しい作家や作品に眼を光らせていて、酒席での出版にまつわる雑談は、得がたい情報源となっていた。

あるとき「前からいいと言ってた浅田次郎が、到頭すごい長編を書いたぞ。中国が舞台の小説で面白い。あれは絶対に直木賞だな」と上気して喋ってくれた。『蒼穹の昴』のことである。中国の近代史のなかで興味ぶかい人物たちが、まるで現前するかのようにいきいきと描かれている。時代考証や資料の読みこみなどを考えると気の遠くなるような力業である。そのダイナミックで見事な出来ばえに私は唸った。

それ以来、私は浅田次郎さんから眼が離せなくなってしまっていた。

浅田次郎さんの文章は、すこぶる明快で読みやすくわかりやすい。リズム感があるので思わず声に出して読んでみたくなる。会話もそうだ。セリフが勝負の劇作家や映像の脚本家の書いたダイアローグでも、口に出してみると言いにくかったり、わかりにくかったりが結構多い。

浅田次郎さんの小説のセリフのうまさは、凡百の脚本家より遥かにぬきん出ている。少年時代から小説家に憧れていて、自分で創った話を、学校で友人たちに話すのが好きだったというが、文章を読むと耳もとで浅田さんが楽しそうに喋っている気配が伝わってくるようである。

二十代半ばまで、鷗外や鏡花、谷崎などの作品を筆写し、一日六時間は読み書きのために費やしたという努力の成果なのであろうか。浅田さんの文章からは、生活の臭いが立ちのぼってくるほどの迫真力がある。

この『天国までの百マイル』はきわめてシンプルな、いい話である。

会社も金も失い、妻子にも別れたろくでなしの中年男の安男が、心臓を病む年老いた母の命を救うため、奇蹟を信じて千葉の病院までオンボロ車で百マイルをひたすら駆けぬけるのだ。

話は単純だが、そこには不況、倒産、自己破産、離婚、親の病気、介護といった現代社会の問題と家庭崩壊の病巣をじっとみつめる眼がある。

そして底ぬけの無償の愛情、友情、庶民たちの善意、医師の良心などに支えられながら、主人公は奇蹟をみる。

たしかにメルヘンチックではあるものの、心疲れた人びとには、朝の汲みたての水のように爽やかで、感動が魂にまっすぐとびこんでくる。私自身、数年まえに、九州の病院で亡くした母のことも重なって、読み終ってしばらく涙腺がゆるみっ放しだった。これは類い稀な「愛と勇気と救済」の物語だと思った。

浅田次郎さんを「平成の泣かせ男」という人がいる。情緒過剰の浪花節ではないか、と陰口を叩く人もいる。しかし私は、人情が紙より薄くなっている現代だからこそ、情緒OK感情過多いいではないか、むしろかつての日本人の特徴であった浪花節調やセンチメンタリズムを見直すべきではないか、とさえ思っている。

戦前から一九七〇年代までの日本人は情緒にみち、人と人が支えあって、心豊かに暮していた。他人のことも考えて共同体を営み、四季折々の変化を楽しみ、そこに情緒がうまれ、ゆずりあいの精神が生かされ、うるおいのある人生と人生の哀歓があった。そして、日本人の公徳心があった。

現在の日本では、都会で人とぶつかっても挨拶を交さず、電車のなかでは若い女性は平気で化粧し、おばさん族は大声で話し、若い男の子は入口付近で地べた坐りをしている。乾ききった人間関係のなかで、いま日本人は金と効率のことだけを考えるミーイズムのトゲをつっぱりあわせているようだ。

かつて日本人の温もりのある人間関係の原点は「家族」であった。しかし、核家族化、地方の過疎化、高齢化などが進み、日本の家族を支えていたはりが失なわれた。子が親を殺し、親が子を刺すといった異常犯罪がつづいている。

戦後の日本が、貧しさからの脱出をめざして、物の豊かさは手に入れたものの、その代り心の豊かさを失った。現代日本の混迷の原因はそこにある。

日本人の伝統的といわれる情緒や人情、温かい人間関係は、前近代として果して否定されるべきものであろうか。

私は浅田次郎さんの描く世界に「救い」と「癒し」を感ずる。浅田さんは、日本人に家族を中心とした心豊かな精神文化をよみがえらせようとしていると思われてならない。

『天国までの百マイル』のなかの人物像は、それぞれに個性の光りを放っているが、なかでも魅力的なのは、自己犠牲にとみ、相手のことを自分の命をかけて信じ「無償の愛」を貫こうとする人たちである。

太ったマリ。母親。そして金儲けよりも義務と権利として仕事にたちむかう医師たちの姿には胸が熱くなる。安易な子捨てや年老いた親の病院への遺棄、人命をあずかる職業人の使命感不足、金融政策の弱いものいじめなどへ向けた、フツーのおやじ感覚での庶民的抗議や憤懣が、この作品の底流にこめられているように思う。

かつての日本の母親は、貧しさから脱出するために、主人公の母きぬ江がそうであるように子供たちが自分を見捨てても責めようとしなかった。むしろ子供たちが上昇する踏み台になることを期待していた。「無償の愛」を捧げて悔いはないという生き方であった。

風船のようなデブ女マリの過去も悲しいが、くすぶった男の哀愁が好き、という彼女の心根も泣かせる。私は読みながら、かつてみたフィリピンの生き神様のドキュメンタリーを想いだしていた。その生き神様は、ひどく太っていて、悩みや病いをもつ人の訴えをきき、ただ黙ってぎゅうと当人を抱きしめるだけなのだが、抱かれた人は涙を流して癒され救われているのであった。

「いかに不公平な世の中でも、神の手によって人は勇気と力を与えられている」と浅田さんは言う。この『天国までの百マイル』は、明るく真面目でタフネスと自称する浅田次郎さんが、現代日本人におくる心温まる人間讃歌の本で、厳しく重い時代に、一筋の光がさしこむような輝きがある。そこには日本人の再生を願って「ファイトと自信を持って欲しい」という熱いメッセージが込められているように思える。

幸運といえば、「小説トリッパー」に連載が始まる直前に、直木賞を受賞され、その後西田敏行氏主演で、テレビドラマ化の承諾もいただいた。

幸運と祝福に包まれた本というべきであろう。

（おおやま　かつみ／演出家・プロデューサー）

天国《てんごく》までの百《ひやく》マイル　新装版《しんそうばん》　朝日文庫

2021年4月30日　第1刷発行

著　者　浅田次郎《あさだじろう》

発行者　三宮博信
発行所　朝日新聞出版
〒104-8011　東京都中央区築地5-3-2
電話　03-5541-8832(編集)
03-5540-7793(販売)
印刷製本　大日本印刷株式会社

ISBN978-4-02-264988-1